珍真集

梁璇筠——散文集

Something in the Rain

春風泫泫潑心田

——導讀梁璇筠《珍真集》中「從真到珍」的感悟

劉偉成

在正式談《珍真集》，我想先闡釋為何在副題中用上「導讀」這個動詞，而不是慣常的「序」、「評」或「析」，這是由於剛讀過璇筠導讀的最新出版的《納蘭性德詞選》。「導讀」是因應「目標對象」而作的，風格筆調亦會因對象而調適，才算是合乎這種文體的要求。璇筠有多年教學經驗，而我有多年編纂教材的經驗，我知道這篇納蘭詞的導讀是為學生撰寫的。我因工作關係，多年來曾跟不知多少位老師談過，每次問及香港教師，學生愛讀怎樣的文章？最常聽到的是「懸疑情節」跟「動人故事」，前者的變化不大，最多是偵探推理小說，但礙於篇幅，一本書內似乎也難以容納許多篇，而且題材也略嫌狹隘；後者的篇幅即使短小，也可以相當動人，而且變化多元，學生也更易給導引代入這類作品所描畫的處境中去。記得璇筠某次文學活動後，我跟她一起乘車離開，她說正在將自己的散文結集，說想這本可以「入到學校」，想多點學生看得明白。那麼，納蘭的詞有璇筠將他的心意導入校園，那麼就讓我來給她的散文集寫篇「導讀」吧。只是像我這樣反叛的編輯想像中的「導」，自當不會單向——期望可導引學生掌握集子中他們最易掌握的

「動人的真」之餘，也可跳出年輕的框限，注意到老練目光「珍視」的落點，從而意會到要在未「失真」時，把握「珍惜」的時機。同時亦期望導引老練的目光，回到自己因悵憾而別過的記憶轉折，重新追認塵封的「本真」，這樣可能會徒添唏噓，但至少盡量清掉「那堪回首」的生命盲點。

春風泫泫聽師說

《珍真集》分為三輯：「自轉心田」、「春風打鞦韆」、「盈手潑茶香」，我從每輯名字中抽出部分語素組成這篇導讀的題目：「春風泫泫潑心田」，將「從真到珍」的進程化為一個具體的意境，涵納各篇，方便記憶。春風，最為人熟悉的徵意當數「教澤」，而此輯中有自己的教學經驗，亦有受教的體悟，可能正因為這樣，輯名才會以「打鞦韆」這個來來回回的雙向姿態來概括。那麼，究竟在這個來回相長的過程，「春風」最想給人昭示的是甚麼？我想就是「保真」的心。至於何謂「真」，除了體現在這文集的作品中，璇筠在納蘭詞的導讀中有更直接的闡述：

納蘭仍是「人生追夢」的。以至真至情之筆，始終把一份超脫的情感放到詞中，即使

只是美夢一場，也還是值得銘記的，沒有虛度人間。感謝納蘭容若的詞，為我們記認在夢中走過的，看似尋常的風景：每一刻寶貴的真情，每一次難得的相遇。這樣一位永遠的少年人，留下給我們生命裏最初最寶貴的悸動，那份超脫的感悟，也許就是納蘭詞最珍貴的部分。

顯然在璇筠心目中的「本真」牽連着人心中「追夢」的本能衝動，即使最後追不着，與其為着減少遺憾和愧怍而「修改記憶」，倒不如將引得自己義無反顧去追的夢如實封存在美的狀態，這樣可成為以後生活中的台階，讓人可以站高一點，以開闊的視野在尋常流淌的生活中看到並記住意義的浪尖。

以〈賣鯇魚尾〉這篇闡述粵語生命力的作品為例，文題本身就是粵方言的歇後語，就是「搭嘴」（即插嘴說話）的意思——因為在香港「街市」買「鯇魚尾」，魚販會搭送一個「鯇魚嘴」來留客，這樣既能帶出文章主題，又可以帶出粵方言的生動，同時「搭嘴」又有「岔開一筆」的含意，以示這是一般書面語寫作的「別開生面」。更重要的是璇筠不單是只顧談粵方言的生動，更表現出她對保存發揚粵方言的「夢」，再逐步給人鋪述「保真」的過程。她先引梁啟超的話指出俗語的生命力：「俗語文體之流行，文學進化之一徵也。」然後再引鄭振鐸指粵謳：「豪語如珠，好語如珠，即不懂粵語者讀之，也為之神怡。」將話題從「俗語」聚焦到「粵語」，然後再引「紅樓夢獎」評判對黃碧雲《烈佬傳》的評價為近例：「將粵語口語精深提煉為平實、結實、表現力內斂的文學語言，從敍述層面賦予不識字的口述者身份和尊嚴。」我特別以這篇作為這集子中「論說文」的代表，除了由於此輯中有不少這類文章，更重要是我想帶出在我個人定義中，「論說文」跟「議論文」是不同的，只是現在香港語文老師一般以後者抹殺前者，還要求課文全部要選典型的「議論文」。「論說」只是娓娓道明自己的觀點，是較單向的，不須一定要說服對方接納自己的主張；而「議」則暗示了討論性質，所以多要求呈現雙方的立場觀點，之後的「論」則包含說服對方接納的意圖。璇筠這本集中的「論說文」更適合用來表達自己的「夢」，而它的「論」是為了減低「夢」虛渺的本質，讓自己更清楚認定「保真」的方向：「為免日後，即使是同代人都會變得『雞同鴨講』，為了增添我們語言的豐富趣味，我仍是很樂意跟我的學生偶然說說這些廣東話俗語，無意之間，也能開拓彼此的想像力呢！常言道語言是非常接地氣的東西，願我們廣東話生動活潑的一面能夠保存下來。」

每次讀到璇筠談她的教學經驗，心中都會替她喊：「加油！」我真的很榮幸她某天突然來信息邀我替她作序，我一口答應之後，碰巧有一位年輕朋友來問我現在轉行當教師是否明智，以往我是不會替人拿主意的，那次我竟回應：「如果你真的喜歡當老師，越糟糕的境況越需要好老師，我相信你會是位好老師！」記得韓劇《好醫生》大結局時，主角朴施溫問他的主管：「怎樣才算是好醫生？」對方回應：「會花時間去想怎樣才是好醫生就是好醫生。」此答法也可引用在教師身上，而璇筠在問如何才算是好教師的過程中得出的就是如何能教曉學生自我「保真」：「而故鄉，故鄉啊，總是一個美麗幸福的所在。有一天，當我們刻意或迫不得已離鄉別井的時候，又或者所處之地，陌生到認不出來的時候，我們口吐出來的語言，仍然像一顆顆珍珠，長藏在海洋的寶匣裏面，靜靜地等待有心人發現，又或者，消失在大海之中。」讀到這裏，想到即使疫情期間，機場每天還是充滿一波又一波的移民新潮，心裏泛起的無論是惶然還是戚然，總之就是沒心情來聽「典型議論」，叫人不用怕，新狀況「只影響一小撮人」。璇筠只委婉叫人如果要離鄉別井，緊記帶走你的身份你的夢！而跟璇筠說的「加油」二字，驀然在腦海中轉了一個九十度，變成了「香港」二字。我想這就是一位好老師的浪漫「論說」帶來的轉化。

此輯當然不是只有「論說文」，當中不乏開首時提及過，學生最愛讀的「情真動人的故事」，其中我特別喜歡的就是〈我的婆婆是教育家〉，可能因我喜歡璇筠在〈與婆婆到華豐買衣裳去〉中所描畫的那個率真的立體形象，上次我帶隊作「東區文學散步」時，我特別選這詩給參加者讀：

時間靜止，凝固了貨牌上「最新上市」的字。
婆婆要買套裝，企領配長褲暗花那種
她慢慢地、仔細地翻動衣服，然後說這件太紅、
這件太潮氣，又跟售貨員說：
是啊，我要結婚。
然後淘氣地瞥一下我。

這位「淘氣率真」的長輩，大概就是璇筠「本真」的參照原型，更是「保真」竅門的啟導者：「我的婆婆給我的教育啟發，總的來說比大學的教育文憑所學到的還要多。現在回想起來，發現現在教學的樂趣都是從婆婆那裏『偷師』而來。」婆婆總能通過特別的心思讓璇筠明瞭怎樣護衛本真免遭「陰謀」蠶食。例如以載着花生的瓶子來說明如果貪心拿着一大把不肯放，拳頭便卡住拿不出瓶口，藉以告訴孫子不能貪心；又以過節時靜聽門口動靜，才拿着垃圾出門，再「恭敬的把利是送給工人」，作者寫道：「婆婆從來沒有說過看不起人的話」，這就讓孫子明白不能讓自驕自傲蠶食本真；而婆婆會說的是：「不是次次都你贏，你有時都要輸吓，給別人留些好的。」這就讓孫子明白不要讓好勝心蠶食本真。

我之所以給暗喻教澤的「春風」加上「泫泫」這個修飾語，除了那符合「春天毛毛細雨」的景象，更在於「風」像「真」一樣虛渺，雨線可說最適合描摹風的步蹤——就像此輯不是抽空談教育理念，而是通過記憶中的動人故事帶出自己的體悟，更動人的是那不一定要人認同接受，只是真誠分享自己體悟的姿態。泫，解作水珠下滴之態，謝靈運〈從斤竹澗越嶺溪行〉便有「猿鳴誠知曙，谷幽光未顯，巖下雲方合，花上露猶泫」之句，透現出「溫柔的野勁」，我想這正是保存「本真」的訣竅，正好給後面那個「潑」字作好富情韻的鋪墊。

在《禮記．檀弓上》中亦有用上「泫然」一詞：「孔子泫然流涕曰：『吾聞之：古不修墓。』」不知道萬世師表泫然落淚，是否慨嘆自己破了「禮節」而為父母「修墓」，還是自憐「東西南北之人」的身世，還是感懷弟子替他的父母修墓的美意。無論如何，這都是「因時制宜」的表現，在現在香港社會當教師，必須更懂得「變通」，不然應付不了突發事件的衝擊，例如在疫情期間須短時間內轉為「網教」模式。此輯內〈抗逆時代之網教實驗〉、〈喝一杯沙士〉等都表現了這種「破格」的泫然。

「潑」之所及：賓語還是受詞

「潑」這個動詞來自第三輯之名：「盈手潑茶香」，這句該是脫胎自納蘭詞〈浣溪沙〉：「誰念西風獨自涼，蕭蕭黃葉閉疏窗。沉思往事立殘陽。　被酒莫驚春睡重，賭書消得潑茶香。當時只道是尋常。」當中那句「賭書消得潑茶香」借用了李清照寫自己跟亡夫趙明誠相處情境之句，而這個「潑」字倒真是點睛神技，跟王安石那句「春風又綠江南岸」的「綠」字有異曲同工之妙，除了描畫出生動的畫面外，更有賦予生氣之效，因「潑」本來就有「靈活生動」之意，所以才有「活潑」之語。這輯作品除了首篇〈茶、咖啡與死亡〉有稍稍提及「茶事」外，其餘均記述自己的「書緣」——或是逛書店、書展的經驗，或是讀書的感悟，或是跟文化人的訪問。可能「茶香」不過是用以暗喻「雅事的氛圍」。閱讀此輯作品的關注焦點可用「盈手」一詞總結：就是如何從外在環境汲取文化養分，讓自己的靈性充盈：

明代袁宏道在北京寫成插花藝術《瓶史》一書，才三十二歲呢。這本書在中國沒有火

起來，倒是大大影響了日本的插花界，可說是瓶花美學始祖。袁氏本人該始料未及，本來是自娛也順便記錄一下生活，揮筆而就，美文千古。想來古代當士大夫，除了幾個在皇帝左右得心應手狐假虎威的，有誰不是需要卑躬屈膝、左右逢源呢？可不是誰都能乾脆不幹，歸隱田園。……

原來袁宏道時換瓶花，是寄予潔身自好的盼望。一旦生活得繁瑣疲憊，就讓我們回到大自然去重拾力量吧。

——〈花開一世界〉

這輯作品就是進一步申明如何改造「身邊環境」，除了不讓自己心中的本真受污染，還要盡量將身邊環境塑造成便於「夢」飄潑出去的氛圍。

「潑」在語法上屬「及物動詞」，即需要跟着「賓語」或「受詞」，「茶香」就是由這動詞「支配」的賓語，即是由「盈手」潑灑出去之物——就是那些足以驅散令人變成野獸和慾望奴隸的雅興。在本文題目中「潑」所及之物，給換成「心田」這個被動「受詞」，除了是鎔鑄第一輯名稱的語素，還表達了一個寄望，就是可以將「潑」之所及的外在環境都化成「保真」的「心田」。

心田的「自轉」和「自珍」

本文題目中「心田」一詞來自第一輯「自轉心田」。這個「轉」字用得巧妙，令人想到「心田」不是「縛死一地」的鐵板，而是可以像太陽能板那樣追着陽光轉動，務求吸收最多陽光。同時也令我想起：「山不轉，路轉；路不轉，人轉」這句勉話。此輯中我最喜歡的就是〈跑者記事〉、〈仍然在跑〉這兩篇。前者由多個短段組成，不無散文詩的味道。只要將這兩篇的警世精句臚列出來，便完全明白這種「自轉」是如何練成個人的「珍惜之道」：

陽光讓樹木流汗，每一片孩子都在翻飛，樹木時時張開手，包容生命的一切。……手，堅韌的深褐色。秋天的樹想來是華麗的，它與跑者的簡樸形成很大對比，然而她金黃的裙襬給你一雙媚眼。樹在四季都陪伴跑者。樹葉是送給影子的禮物。

——〈跑者記事．影子和樹〉

逃避忿恨和貪慾，逃離生活的苦悶，逃離糾纏不清讓人頭痛的關係，離開軟弱自私的自己。奔向一個積極的願望，尋回克服困難的意志，找回簡單專一的快樂，奔向仍有任何可能的自己。

——〈跑者記事．離開，回來〉

也只有在跑步的呼吸中，才能找回那支老歌：那片山仍是山，水仍是水的初心，無論已經歷過多少次，都帶着遺憾、卻仍然滿懷希望的人生。

——〈跑者記事．比賽〉

日常的悸動，遲疑，錯愛，懊悔，心思，此刻隨着均衡的律動，大自然或跑者的足音，無聲地傳送到世界之中，流向，淨化，昇華。把得失拋回時間的海洋，跑者得到一聲聲美麗回向。不以物喜，不以己悲。

——〈跑者記事．孤獨〉

仍然在跑，就是以腳步的節奏代替時間，用身體佔領空間。把生命濃縮起來的，流動的瞬間。至於能夠跑到多遠，就看這一次能堅持多久。

——〈仍然在跑〉

能夠隨心所欲，學習欣賞沿路風光。現在的我覺得，只要還能夠跑步的每一天，都是新的，美好的世界。

——〈仍然在跑〉

如此轉換心態大概就是璇筠要帶出的「珍惜」訣竅，這些訣竅其實不只在第一輯的作品，是貫穿整本文集的。記得曾在談阿Q的「精神勝利法」時，有學生提問，阿Q換個輕鬆的角度去看待失敗，讓自己可輕鬆過活也未嘗不可，何解將之說成「反面教材」？想想這也不無道理，我想最大的分別在於面對失敗後，是否懂得「自珍」，並且修正錯誤，繼續「追夢」，我想這是「精神勝利法」欠缺的層次。

璇筠這本《珍真集》，令我想起王世襄導賞個人文物收藏的《自珍集》，王在自序中寫道書名來自「敝帚自珍」一語，又如此注釋自珍之道：「自珍者，更加嚴於律己，規規矩矩，堂堂正正做人，惟僅此雖可獨善其身，卻無補於世，終將虛度此生。故更當平心靜氣，不亢不卑，對一己作客觀之剖析，以期發現有何對國家、對人民有益之工作而尚能勝任者，全力以赴，不辭十倍之艱苦、辛勞，達到妥善完成之目的。」「但頓悟人生價值，不在據有事物，而在觀察賞析，有所發現，有所會心，使上升成為知識，有助文化研究與發展。此豈不正是多年來堅守自珍，孜孜以求者。」王老在吃過多年苦頭，而仍能有此學術成就，讀他的著作，我常有作揖言謝的衝動。香港現在正陷於艱難困苦之境，確實有很多事會令人沮喪，間中用一下「精神勝利法」也是無可厚非，但須知那是「七傷拳」，傷人更傷己。璇筠說希望這本《珍真集》入得校園，我細看後會說：「綽綽有餘。」如我導賞的這個從「尋真」到「保真」再到「自珍」的閱讀旅程有助讀者將本書的體悟昇華到自己的人生，則為至盼，亦是我的一次「自珍」之舉。

目錄

自轉心田

說書

我取出一本暗啡色的書，封面沒有多餘的設計。書有一個特別的名字《隨着魚們下沉》。於是我到書店的長椅去。長椅上還坐着一個戴眼鏡的男人。句子！實在太美妙了！這是一本詩集，在此之前好像還不知道白話句子可以如此開闊瑰麗。然後我在書包裏拿出隨身小本子，再找到一支鉛筆，開始抄寫。詩句抄到第三句半，有一位胖胖的女士向我的方向走過來。聲線很溫柔：「你不可以在這裏抄書，但是你可以繼續看書。」我也不敢抬頭，記得她胖了的鵝蛋面很白。

也可能是某個放學後的下午，當我又再到銅鑼灣蹓躂，必定會轉上去其中一間書局。這一間，是還未結業的「洪葉書店」。後來從八卦雜誌中知道，「洪」字，原來是洪朝豐的姓氏，「葉」應該是他當時的太太，也就是上文阻止我「竊書」的那一位。被告誡之後我也不以為恥，照樣上去。當然也有買書的時候。這書店有一種秋天的氣氛，是城市中的一頁浪漫。

某一段時期爸爸手頭充裕些，不知為何送一張附屬卡給我。我這人對錢一向沒甚概念，何況那時候根本完全未開始賺錢。一下就在書店簽了過千元，是中學時代買書最「豪」的一次。月尾爸爸看到帳單後，意味深長的望我一眼，因為我買的是書，也不好說甚麼，只好留下了一個未能解讀的微笑。

九十年代，下午四五點鐘的時間，銅鑼灣的每家書店仍然頗熱鬧。下雨的時候，門前的傘桶放滿各種顏色的長遮短柄，我放低傘之後，迎面而來的人捧着新買的書，吐着溫暖的嘆息。走上二樓書店的樓梯，沿途會看到各種新書海報，鬧市中的書店總有衣著低調但是新潮的人們，俯首看書，張頭尋書。這是我熟悉又喜愛的畫面。

銅鑼灣 Sogo 後街的書局那時可熱鬧了。一條街已經有「銅鑼灣書店」、「樂文書店」、忘記甚麼名字的簡體字書書店，印象中好像還出現過「榆林書店」。忘記了幾時是第一次上「銅鑼灣書店」看書。書店的命名很地道，醒目的招牌在我看來是銅鑼灣的地標。樓下還有一很大的書報攤，用膠袋封起很多書。隔鄰是一間老字號的雲吞麵鋪，掛上一面醒目的紅色錦旗，後來它的雲吞麵賣得很貴，卻最終還是不敵租金。

銅鑼灣書店與整條街道的活力結合起來剛剛好。銅鑼灣書店除了賣大家都知道的紅底「禁書」以外，博益出版的書也很多，通常是作家在報紙寫的專欄結集成書。心理學書籍以及一桌子的旅遊書、中國歷史及文化書籍比較放裏面一些。這店賣書的人一臉清癯，靈敏之中又隱含着文人的傲氣。小時候的我比較害羞，但是因為對這看店叔叔的好奇，有一次便鼓起勇氣問，大概是查詢某人的書。於是就聊起天來，當時我取出一本厚如磚塊的書，一臉天真說道覺得某作者實在太厲害了，怎麼能夠一成書就五百多頁呢？當時先生淡淡的說：「那要看他花了多少時間寫？」這話當時如當頭棒喝，一揮而就，才華橫溢，當然就可以不斷出書了。小小的我夢想成為作家，心馳神往。現在話說回來，其實一本書慢慢寫成也沒有所謂，根本也不影響書的質量，也不影響讀者的共鳴。

上了高中，至少明白不能明目張膽的在書店抄書。在圖書館如果看到很喜歡的句子，可以將之影印下來。上書店如果看到喜歡的句子，直接背了。當然看到書中寫壞了的地方，也從來不敢將之撕走，只會默默地記着這個作者，提醒自己不要浪費時間。至於自己擁有的書，如果是特別喜歡的，還會用透明膠紙包好書脊，在書的掀頁位置加厚。

大學時，加入吐露詩社。那時鄧小樺社長帶領詩社日常運作。也認識了非常迷人的前社長劉芷韻師姐。我們詩聚、搞詩歌朗誦會、寫作與出版。那是香港文學以及香港新詩突然興旺的二〇〇〇年左右。蔡炎培、葉輝、關夢南、崑南、飲江等老前輩重出江湖，編輯各大香港文學刊物，樂於提攜後輩。他們一定會說：「甚麼提攜，那是一起玩。」但是我知道，那真是出於對我們小友的愛護。那時候差不多各個大學都有詩社，我們中文大學有吐露詩社，浸會大學胡燕青老師帶領的「詩的挪亞方舟」、教育學院王良和教授的「薪傳文社」，還有零點詩社、我們詩社、港大詩社、清水灣詩社等等。我們這些年輕學子，偶到旺角的「東岸書店」聯誼。記得當時是杜家祁老師帶我們上去的。老闆梁志華見到我們看書貪婪的眼光，卻又一副阮囊羞澀的情態，總是半賣半送的賣書。現在想來能遇上這些善良的人真不容易。

那時候我非常羨慕看店的智海，還有袁兆昌、廖偉棠。覺得在書店打工大概是這個世界上最幸福的事，人生中一定要找一段時間在書店修隱。出來工作後，就帶學生上「阿麥書房」搞詩會。現在心目中理想書店的模樣是上環的「見山書店」。我小時候在荷李活道文武廟附近長大，那兒混合着香燭和燒豬的怪味，還有孤寂的死亡的味道。而現在這普慶坊竟變成了有品味的中產文青區，有咖啡館、和式選物店和陶瓷器物店。但是一條「文青街」如果沒有書店它就沒有底氣。幸好有小巧潔白的兩層高「見山」，二樓還有大窗，讓人一邊看書一邊看睡在對街的老狗，恰如其份的成為街角的蝴蝶結。

中文大學吐露詩社還有一傳統就是在校園裏辦書展。第一次搞書展我才發現原來真是不簡單呢！我們首先要在書店入貨，我好像是那個時候認識徐焯賢先生。選書是很重要的，我們就只有大學本部飯堂對出的三張長椅子。當然盡可能多放書。每本書的定價就要看「策展人」的眼光了，絕對不能因為是喜歡的作家就把書價抬高，反之，也不能因為無知把價錢訂得太低，這樣會對不起籌備書展時的疲勞肌肉。記得當時與詩友鄧小樺、曾瑞明、Tani 等坐在《中大學生報》會議室，為每一本書打價錢的時候，我看到一本翻譯小說，便學着小樺的語氣嚷嚷：「這本嗎？四十蚊吧，怕賣不出」，然後小樺一瞥書名——《潛水鐘與蝴蝶》，便淡淡的說，這本你不知道嗎？法國著名作家讓・多米尼克鮑比的作品！怎可能賣這個價！

為每一本書都貼好價錢之後，我們也賣一些無聊小玩意或者文具。記得當時也有賣劍球和木製的扭計骰。鮮花倒是吐露詩社擺攤位時必備的，我不僅視之為裝飾，那花葉本是用以提醒書的莊嚴。書攤開業的日子，陽光熾熱，我們也是在曬書。飽飯後路過的學生，會來看一看。多是中文系的學生買書，幸好在大學擺檔，小小書攤的生意竟然還不錯。那時我學系有個男生來買書，因為是同屆同學不好意思不買。他買的書是《時間簡史》。進大學之前我一直是在讀文學書，最多讀到陳之藩，從來不讀科普書，同學買書以後我才知道誰是霍金呢，想來真是孤陋寡聞。可幸閱讀之海，即使茫茫無涯，也永遠不會嫌棄我。

偶爾，有人會問：如果你在荒島，只能夠帶一本書，會帶哪一本書？這真是一個殘忍的問題。我常常引用的這句話：「文章千古事，得失寸心知」，千百年來能夠透過書本和文字，與每一個獨特的人穿越時空地邂逅，心有戚戚，如切如磋，這是多麼奇妙而美麗的事情。

我也很喜歡偷看別人在讀甚麼書，也不是為了了解這個人。這個習慣到現在也還沒有改，難得在地鐵看見有人手不釋卷，先是上下打量一遍，然後會不經意的裝作綁鞋帶甚麼的，低頭要看看這人在讀甚麼書。有時學生上早讀課時居然在津津有味地看書，便直接問：「你在看甚麼書？」如果他看的是我不懂得的輕小說或者靈異小說，通常就要壓下快衝口而出的話，畢竟肯看書，還求甚麼呢。一次，在我的中文課上，竟然有人在抽屜偷偷看川端康成的《雪國》，只好連忙請他擺在桌上攤開來看，不要弄得頸椎太沉重了。

濕疹之隱喻

濕疹這個病實在太普遍，所以要先說明一下我患濕疹的程度。我是從小到大都患有濕疹的，也就是說即使在嬰孩的時候皮膚也會莫名其妙地發癢。直到幾歲可以自己拉扯皮膚搔癢的時候，我就已經把自己雙手及雙腳關節脖子的位置都抓得遍體鱗傷，媽媽幫我包紗布，經常滲着血水。不能吃蝦子芒果榴槤牛肉貝殼類這些濕熱食物，不能在濕熱或者太乾燥的環境下逗留太久，濕疹體質也連帶有鼻敏感哮喘，不知偏頭痛有沒有關係。因為媽媽是護士，非常容易拿到濕疹類固醇藥，所以整個小學時間我也在不斷塗類固醇藥膏，後來在十多歲的時候已經擁有一雙八十歲的老手。整個中學年代要吃止敏感藥止鼻水藥才能入睡，以致即使上課打瞌睡，老師也會非常體諒。因此可以在上數學課的時候肆無忌憚地睡一睡。學校周會的時候會突然起風疹，然後在眾目睽睽下走到休息室；福利還有不用參加游泳課也沒有打防疫針。

但是，濕疹小孩會引來好心的大人，多數是上年紀的女性，無情白事地走來關懷你，偶然會補充一句：「看你臉蛋這樣可愛真是可惜啊，好眉好貌生沙蝨。」好像我做錯事一樣，瞥眼看到媽媽面上有一種當時我還不能明白的表情。然後有人會在祖國的甚麼省份為你拿來一支藥膏上面印有不認識的簡體字。坐在巴士旁邊的大嬸會告訴你，之前她的孫兒也是怎樣怎樣皮開肉綻，然後就教你用甚麼金銀花樹脂甚麼片糖沖涼。

很多人以為濕疹小孩是會被欺凌的，的確有時候是會的，但是別人也只是實話實說，也不一定是歧視。我記得在玩「狐狸小姐幾多點」的時候因為皮膚是紅紅的，於是總是被要求充當「狐狸」的角色。但那時候也不以為意，當狐狸與其說是會被人捕捉，不如說是可以掌握遊戲的話事權，把遊戲的節奏控制在自己的手裏。當時我是讀女校的，受教於女校的優點，也承受所有讀女校的痛苦。但是讀女校也讓我不用過早就注意到自己的外觀，反正老師早已偏心最聰明漂亮的幾個女孩子，然後其他人也還算可以自生自滅。不知為甚麼，在女同學之間我竟然是以搞笑見稱的。因為皮膚常常龜裂，手指的關節位上有一道紅色的傷口，從來也沒有好過。因為每一次慢慢好起來，我又會把它撕破，於是我的中指和食指就有一道道微笑的月亮。我在手指上面畫上各種表情，那道裂痕就是嘴巴，會隨着我蜷曲伸展手指「說起話來」，這樣編過一些「手指小劇場」，逗得同學忍俊不禁。

從小到大我就知道不該留長頭髮，不能忍受脖子被厚重的頭髮覆蓋繚繞（後來在我的少女時代狠狠地留了及腰的長髮，作為對濕疹身體的反抗）。有一次我的頭皮很癢，把十隻手指穿插在頭皮狠狠地抓癢，倒頭看着無數白色的頭皮點在陽光下化成無數的塵粒，然後在心中暗暗發願，跌下來頭皮跌下來吧！通通都跌下來！把我一生的皮屑都給我現在掉下來！不知道會不會堆成太平山那樣高。所以在儀容這一點上還是比較遺憾。濕疹小孩的外觀看來就是左一撻右一撻紅紅的，有時黏着膠布，有時掉下皮屑，有時為了抓皮膚把衣服的領口拉來拉去，於是在成績單上「清潔」的等第就不是A而最多只能是B了。因為先天不足，濕疹小孩常被誤會為不整潔，但是這並不代表濕疹人不注意個人衛生。

小時候患有濕疹的確讓我很辛苦，軟弱的時候，我確很想睡覺一起來就痊癒了，變回一個正常的小孩，大家不會把過多的注意力放在我身上，然後我可以吃任何喜歡吃的東西。但是小時候的我，在天真的狀態中，並沒有真的很介意。後來我想，讓我真正受傷害的，是別人把濕疹看成一種罪，不論這是我媽媽的罪，還是我人生的罪。動輒就被判「不整潔」、不自律而常常自己抓癢弄傷，甚至因為前生的過錯遭受天譴，因此這些伴隨濕疹而來的生活戒律就是我因為背負罪過而必須受到的懲罰。如果我小時候因為太重的自尊心吃過苦頭，如果我比別的小孩更多疑敏感，那必然是因為常常被無端審判的緣故。

人們常常說長大了濕疹便會好，抵抗力高了。但是我到了十幾歲之後也還是老樣子，只是輕輕微微地好了一點點。濕疹翻發的時候仍然痛苦，簡言之就是被火燒被蟲咬，為了止癢，我常常在雪櫃拿着冰袋一邊敷冰一邊溫習工作。我比其他同學更勤力讀書，不是因為天生的書緣，而是我知道自己必須如此，以後必須在有冷氣的環境下工作，必須找到穩定的職業，最好是薪高糧準然後請人料理家務，這一生註定不能環遊世界不能冒險不能承受很大的壓力，我必須要讓自己舒舒服服，不讓濕疹嚴重發作，影響我日漸重視的外表。我不知道這樣是否稱為畫地為牢、自我設限，我不知道是濕疹讓我變得更敏感還是我本來就是一個神經兮兮的人，於是也讓濕疹惡化。有時也會想：為甚麼其他人都沒有濕疹？而我到底為甚麼天生就有濕疹呢？在這一生中，甚麼是早已註定的命數，還有甚麼是可以改變的？我從來沒有因為濕疹之苦而哭過，只有沉默。發炎的身體時時提醒我思考生存的狀態。

但是這也沒有影響到我作為一個少女的自信。我知道我還是有一張可愛的臉（因此上天就是公平的？）。我竟然沒有因為濕疹而在「中學生談戀愛」這個課題上失敗過（自卑是會的）。當我自以為如此的時候，到了中三，我和全班考第一的男孩拍拖了。初戀就是你還不懂得為愛情落下一道自我防線，初戀都是寶黛戀，「因有自信所以美麗」，會情不自禁地在學校手牽手，於是被告了狀。一向品學兼優的我第一次要在訓導室寫黃色狀紙。我當然是寫了一封情書，還引了兩句李商隱。結果因為拍拖被學校以「行為不檢」的罪名記了大過，還需要坐「玻璃監」。事後坐在訓導室的我為魚肉，當時的老師輔導我時說：「是不是因為你的皮膚不好，他都願意喜歡你，所以你這樣被記大過都要喜歡他呢？」我一時悲哀得說不出話來，也為堂堂老師竟然說出這樣的話感到非常羞恥。後來我漸漸發現，原來在一些醜陋的世人眼中，我等患有濕疹之人，能夠擁有愛情一定是要靠別人憐憫。平常也是在等人同情等人憐憫。原來即使我五官端正性格開朗，並且努力做到善解人意品學兼優，到底也會因為患有濕疹而被嫌棄。

現在的我當然明白並不是人人也會這樣的。需要強調的是，你是一個有濕疹病的人，但你同時也可以是一個美麗的人，甚至是一個性感的人。這是我後來才慢慢解開的心結，在我知道張愛玲後期也為濕疹困擾的時候。

如此病況與天下的一切事情一樣，都是月圓月缺、時好時壞。惟這是個巧言令色只講外表的世界，其實不只濕疹，生為女性肥胖或者貌醜也被判罪。終於，我也與濕疹一樣，糾纏不清起起伏伏地度過了青春時期。

跑者記事

跑者的精神

跑步——純粹是一種無關利益的遊戲，沒有勝利者，更沒有失敗者，沒有後果也不會有負其他人的期望。一個獨立的人在跑道上，非常辛苦，卻需要認真地玩着，以一種專注，憑着信念，就能水滴石穿。

「走到最後，我們都只會在生活的戰爭中衰敗。」

忘了是哪一本虛構小說的開首句：回憶者在未來的時間中腳踏實地生活着，那衰老的主人翁帶着少年的眼神——那是富於挑戰的眼光，像要把天上的星辰摘下來，當成果子吃掉或放走。這一段，正就是跑者的生活，跑者的意志。

影子和樹

當陽光賜予我們影子，一個跑者在移動，在自然的聲律中。他移動跳躍的影子，偶然會被樹木或建築物融掉，有時還繪畫出深淺色的影，交疊然後分開。影子也會隨風擺動。風走過時，它是莫內的畫，有時，則是梵高的。陽光讓樹木流汗，每一片孩子都在翻飛，樹木時時張開手，包容生命的一切。冬天的樹木則在控訴，像上訪的人。手，堅韌的深褐色。秋天的樹想來是華麗的，它與跑者的簡樸形成很大對比，然而她金黃的裙襬給你一雙媚眼。樹在四季都陪伴跑者。樹葉是送給影子的禮物。

風

風是不動而動的。快跑的時候，跑者將好好隱匿在風的密談中。風像切片，把你的回憶分成段流，在跑者的節奏中混入生活的風景，於是，風竟又讓一切剖開來。風在動。大虫在飄流，牠正緩緩纏住，天空的顏色。輕浮的快樂，讓人感動的悲傷，那個夏季的午後，從前曾經好喜歡的衣裳。風也在快樂吧，它在吻別每一個跑者，帶給他們一點鼓勵，告訴他們多勞多得的金科玉律，古老而真實的格言。順風是讓人討厭的，特別是跑下坡的時候，它以虛偽的聲勢讓堅毅的刻苦者皺眉。有時，疾風把頭顱吹得搖搖晃晃，像吹奏一支古怪變調的圓舞曲。

儘管風把一切都變成往事，然而它從未止息。

離開，回來

我像離開，又似回來。跑步，到底是在逃離，還是在奔向。逃避忿恨和貪慾，逃離生活的苦悶，逃離糾纏不清讓人頭痛的關係，離開軟弱自私的自己。奔向一個積極的願望，尋回克服困難的意志，找回簡單專一的快樂，奔向仍有任何可能的自己。或者，像席翰醫生所說：「我只需要以舒適的步伐跑。快到能讓我拋開世俗的煩惱，快到能讓我享受身體的運作；慢到能讓我觀察周遭的世界，慢到能讓我逃進內心的世界。」

無論怎樣，只要一直在跑，里數就會增多。

比賽

在照片中的馬拉松跑者，面容都像深海魚。一群人魚游向宿命的歸途，然而苦心拼命的跑着，游向，好像有同一目標，一道彩帶，沿途一堆鮮艷的旗幟，讓人感到無比幸福的喝彩聲；深深淺淺，載浮載沉，卻是各人未完的夢。標示，補給站，據點，折返點，循環。脫掉外套，喝水，喝水，汗，人，汗。偶然會看到沿途風景，大多時候只見前面的腳步，坡度，未完的路。

然後風景回望時已不一樣。二〇一三年四月十五日美國享負盛名的波士頓馬拉松賽接近尾聲時，終點附近連續發生兩次爆炸。爆炸共造成三名觀眾死亡，一百四十四人受傷。二〇一五年，波士頓馬拉松復康跑者：「只有和平、善、和愛，能得到永恆的勝利。這是我這三年來感受到的。」對，也只有在跑步的呼吸中，才能找回那支老歌：那片山仍是山、水仍是水的初心，無論已經歷過多少次，都帶着遺憾、卻仍然滿懷希望的人生。

村上春樹與席翰醫生

席翰醫生說：「成功是堅定地知道，你已經成為自己，成為你應該成為的那個人。」[1] 長跑者與書寫的人，具有嚴格的紀律，對節奏的執着，堅韌的意志，推倒重來的勇氣。享受肌肉的痛苦，快樂是思考的飛翔。村上在跑希臘的馬拉松之路中，只能數算死去的動物。[2] 寫作小說就如跑步一樣，需要耐心和堅強。我們也在跑道上，尋找自己，發現自己，成就自己。

孤獨

孤單的時間就是存在的時間。唯有孤獨證明存在。這深深地刻在每位長跑者心中。跑步，是一段很好的沉思之旅，很多時沒有特定的思考對象，讓風和呼吸的節奏隨意把潛意識的自己浮現出來，清楚展現日常的盲目與失敗，偶然也有點成功。日常的悸動，遲疑，錯愛，懊悔，心思，此刻隨着均衡的律動，大自然或跑者的足音，無聲地傳送到世界之中，流向，淨化，昇華。把得失拋回時間的海洋，跑者得到一聲聲美麗回向。不以物喜，不以己悲。

千古以來，奔向快樂的寓言。孤獨的跑者，將見證時間。

註釋

1 喬治·席翰（Dr. George Sheehan）：《愈跑，心愈強大》，游淑峰譯，台北：時報出版，二〇一五，頁二四六。

2 村上春樹：《關於跑步，我說的其實是……》，賴明珠譯，台北：時報文化，二〇〇八。書中寫道：「從東京千里迢迢地來到這美麗的國度，為甚麼非要特地在這樣殺風景又危險的產業道路上跑步呢？我強烈地自問。應該還有其他更該做的事情吧。結果三隻狗，十一隻貓，是那天沿着馬拉松道路悲慘地喪失性命的動物總數，我一面數着一面深深感到氣餒。」

仍然在跑

一路趕上去紫羅蘭山，我在想：這山有八十度嗎？雖然陡斜，但是以上山路來說，梯級也算鋪砌得平整，難怪有些行山網站將之評為「一星」。我還是能夠一步一級的踏上去。先踏上左腿，用盡全身的力，深呼吸一下，兩秒鐘之後，把另一隻肥腿踏上去。

偶然在梯級旁邊發現一些數字，例如500。我視而不見。五百級，它並不是一個鼓舞的數字，但對荒廢運動已久的人來說，看完之後還會擔心是否仍有體力呢？梯級近千，我早已揮汗如雨，在山氣氤氳之中，每走大約十多步，也沒有辦法不停下來休息。

朋友一直在說這路線很容易走，「如果你行大東山或者鳳凰山才算是比較辛苦」，現在地圖顯示三小時就會完成的紫羅蘭山及孖崗山，可不算是一回事。何況你上次不是跟我們走過西貢鹽田一帶嗎？上次你還可以的。我不禁想，上次還可以那是因為數年前有一段時間，突然重拾小時候長跑的興趣。

媽媽坐在維多利亞公園的草地上。那時我們一家人還真會到維多利亞公園野餐。在不算嫩綠的草地上鋪上餐墊。媽媽總會帶上一個很大的袋子，現在忘記了裏面究竟裝了甚麼。妹妹好像在玩吹泡泡，爸爸就說：「我們跑兩圈去！」於是我們就會沿着維多利亞公園的緩跑徑一圈圈的跑起來。我跟隨着爸爸的步伐。爸爸的小腿肌肉在前面一蹦一跳，那是一雙屬於長跑的腿。

早已忘記是哪一條山徑？小時候一家人也常常去遠足。因為曾經是英國殖民地的緣故？香港山野的建設還是不錯的。有很多小路鋪了石屎，鋪了樓梯，引誘你從這裏或那裏下山，或者常有一個木製路牌，告訴你從這裏到那裏，你還要多走四分一小時。但是在山裏，該從哪一步走，其實還是很模糊的，你看路牌不看地圖的話一定會迷路，負責帶路的爸爸從來不帶地圖。反正就是迷路了，便只能是沿路走着走着，直走到黃昏把芒草都曬成赭紅色。那時候媽媽肚裏還有妹妹，雖然疲累但是仍然溫柔，不發一句怨言。我大概是年紀太小了，根本就不知道累，反正跟着走，不知究竟走了多久才下山。這次山野迷途經歷，到現在爸媽還是津津樂道，他們說起來，我好像記得又好像不知道。

我讀的中學每年也有越野賽，即是玩越野跑。全校學生必須參加。田徑隊每星期都會到學校的後山訓練，因為天分不足，我還是未能進入田徑隊。不過也沒甚麼。要每星期放學都練習跑山，那時的我還真不如沉醉在圖書館裏。但是曾經作體育導師的爸爸並沒有放過我，每次學校越野跑之前的一個月，他必定會帶我到比賽場地練習。灣仔峽道、黃泥涌道，有時是香港仔郊野公園。相對來說太平山盧吉道實在是太簡單了。可是每一次好像都未能按設計的路線跑，延續小時候的隨意跑山迷路風格。結果又是跑到不知名的地方，好不容易找到馬路然後就算完成了。如果是一百米賽跑，我完全沒有短跑所需要的爆發力，那時候運動會我總是以最後一名進入決賽，在決賽中排第八線再被狠狠地打敗。但是長跑呢，還是有點信心的，加上爸爸在賽前陪我加練，每到學校越野跑，也能在所屬組別中，跑到五名以內。

那一年越野跑是在香港仔郊野公園進行賽事。同學們在山上公廁換好衣服，到放書包的地點給老師登記，然後放好隨身物品。到燒烤場以外，扭扭手、圈圈腳，甩甩頭。那一次我還是跟隨學校田徑隊乙組同學上場了。文慧是中一時候與我同班順利進入田徑隊的同學，她還算得上是我的好朋友——那時候我們一同喜歡上那花名為「四眼龜」的男生。文慧得到體育老師的青睞，順利進入田徑隊。

嗶！一聲之後大家都起跑了！香港仔水塘場地最難捱的是最先二十分鐘的大斜坡。以長跑來說，能夠捱得過斜坡，堅持住大口大口有規律的呼吸，到了引水道便可以享受一段比較寬闊的平路。可是那天一開始跑大概五分鐘，文慧竟然在我面前跌倒了！她一直是貼着我跑的，然而竟然跌倒了。我二話不說的扶起她，她的膝蓋在流血。於是我一步一步的扶着她折返起點，或者終點。每年一度也算是期待的越野跑賽事，竟然這樣結束了。爸爸知道之後，難掩失望：「那是比賽，為甚麼這麼傻？」然而助人行為畢竟從表面看來充滿愛心。現在我也不知道，那時候是全憑直覺要扶起她，送她回去？還是根本被一時的軟弱誘惑了，畏難不想跑？

後來，我因為濕疹，連長跑也沒有練習。我的皮膚因為天生比較難排汗的緣故，常常也未能正常地散熱，有時練習長跑之後，就會滿面通紅，關公一樣。不知就裏的周圍的人看來，通常以為我很快便會中暑或者休克。「慢慢來吧！是不是穿太多衣服呢？」「你要不要糖？」這刻，身材健美的美女行者遞給我一顆得力素。糖果在我的口腔融化，人工合成檸檬甜味，在溫暖的舌頭上熨平。

上紫羅蘭山徑之後，到了紫崗橋。這是每一個山友都認識的小地標。小橋流水，向下有可以離開的一條引水道，應該可以從那邊下山到淺水灣。但是我的朋友沒有提及，我還是得老老實實繼續走上孖崗山。孖崗山顧名思義是由兩個山崗相連。你需要垂直走上接近一千級樓梯，到一個山之後，隨着山路向下行百多米，之後又再接上一個三百多米的山崗。這時我大概是山上的一片人形啫喱，隨時累倒融化在樓梯上。到這個時候竟然還有同行者，必須咬緊牙關繼續走吧。

我想起村上春樹在雅典的那次跑步。村上春樹在《關於跑步，我說的其實是……》一書中提到他在希臘雅典跑馬拉松，「在三十七公里一帶，一切的一切都漸漸感到厭煩起來。……喉嚨好渴，卻連喝水所需的力氣都沒有了。想到這裏漸漸生起氣來。對徜徉在道路旁邊的空地上幸福地吃着草的羊群。對在車上繼續按着相機快門的攝影師都生起氣來。快門的聲音太大了。羊的數目太多了。按快門是攝影師的工作，吃草是羊的工作。沒道理抱怨的。雖然如此還是不由得生起氣來……」那是因為太勞累，在跑步中喪失理智。但是如此也終於可以渾然忘我，重返動物之身。

當然不能跟馬拉松選手比較。但是面對行之不盡的斜路，也必須認識到「騎虎難下」。那時候你要是後悔沒有帶夠水和食物或者體能太弱，那是沒有用的。在山中，不容許你後悔。除非你決心向飛行服務隊求救，順便免費乘坐直升機。要不然還是得靠自己的腿，一步一腳印的走下去。也只能走下去。一旦上山，就要行山，恍然明白了「見步行步」的意思。

紫羅蘭山孖崗山之旅後，我害怕成為朋友的負累，也害怕朋友相約行山時再也不邀請我。因此下定決心，現在又回到原來清晨的跑道上。早上六點鐘，簡單梳洗以後，穿上避震較佳的厚底運動鞋，從家裏開始跑到後山去。清新的空氣，飄揚的綠樹，初夏噪鵑的鳴聲。

雖然情隨事遷，慶幸還能重拾跑步。蔡東豪《我跑》一書中說：「日常生活中，我們避開不舒服的感覺，尋求享樂，追求快感……運動則相反，我們取難不取易，行路揀一條長的，視辛苦為享受的一部份。這行為是反智，可是我們樂此不疲，我們一定是在追求一些東西，是甚麼？我認為答案是尋『活』的感覺。」仍然在跑，就是以腳步的節奏代替時間，用身體佔領空間。至於能夠跑到多遠，就看這一次能堅持多久。

現在回想，小時候的每一次練跑，自是「路不迷人人自迷」。每一段走過的歧路，慶幸有家人朋友的相伴，最終也能通往馬路，然後回家。沒有一定要跑的路線，反正也必定要「吃虧」，也就沒有白走的路。能夠隨心所欲，學習欣賞沿路風光。現在的我覺得，只要還能夠跑步的每一天，都是新的、美好的世界。

願成為那個永遠早起的清掃人。

年輕時的母親

小時候，有一年中秋節，母親帶着很幼小的我和像小鴨一樣的剛會走路的妹妹，一起從上環的電車路往上走回家，我們剛從街口的一間頗具規模的雜貨店買了一盒豪華的雙黃白蓮蓉月餅。那時候真是所費不菲。雜貨店的招牌底是紅色的，很醒目地處於街角，佔地是附近店鋪的三倍，擺放着生活所需的柴米油鹽、被小心翼翼地供奉着的香煙和黑色的酒，店前則是各式各樣小朋友喜歡看的餅食和糖果，端午掛粽子，中秋放月餅，日裏夜裏，彷彿都是人們前往的目的地。

那時候，梳着小辮的母親剛與雜貨店的叔叔討過兩回價，我則盯着店前的一小個花花小膠籃，裏面的一個動物形月餅正向我眨眼，不知道是小豬還是小兔。那是給小孩子把玩的，我知道，可是我們已經買過燈籠，所以我還是默默跟小膠籃和動物月餅告別了。母親左手拿着剛買的月餅，又拖着我的手，我拖着妹妹更小的手，我們寬寬地走得靠馬路一點，那時候上環的夜裏，好像沒有車。

我們經過一些已經關門的包餅店，藤器店的掃帚和籃子居然還凌空掛在風琴拉頁式的鐵閘門外。我們牽着手，小步的走着，突然，母親停止了哼歌聲，我才發現，原來我們一直沐浴在她哼着的婉約歌聲裏。一個老婆婆正拖着一輛手推車，從小巷轉入大街，她的樣子艱難而吃力，手推車上放着一大堆不知名的雜物，堆起比她還高。我們讓老婆婆先走，雖然馬路其實很寬敞。

母親這時突然甩開我，走上前，請婆婆停下，並打開剛買的月餅盒子，和婆婆說了一些話，又拿起一個圓大的月餅，放在她虛弱的手心。時間彷彿凝住了，一切變得很緩慢，好像誰幫助我記着這個在夜裏發亮的畫面。我在一旁看得發呆，因此沒有記起她們究竟說過甚麼。婆婆蹣跚走後，我問過媽媽：你認識她嗎？也竟然忘記了她的答案，只記得後面的一句話：「我們還有三個月餅，給一個你外婆，我們也夠吃了。」回憶中四處只有零星的街燈，我仍然拖着妹妹，母親溫柔地拖着我，彷彿是記憶中最溫柔的一幕，夜靜而透着明暗的黑，母親的頭和小辮卻被月光勾勒出閃銀色的美麗線條。

生活走到今天，我們已經搬離上環的舊居了，家裏每個人都有自己不輕不重的背包，擔任更多的角色。可是我們總算在一起，過着難得而瑣碎的日子。數月前的一個夜晚，我跟妹妹談起這件事，她當然完全沒有印象了，我不知道要如何說明，才能表達這段故事給我的奇異的震撼感覺，以致多年來像電影鏡頭一樣在我腦中閃現。也許因為距離太近，即使母親現在依然常常當義工，而且幾近職業的程度，也很難和那夜的母親形象重疊了。

現在上環街市已經變成了水靜鵝飛的西港城，多了很多西餐廳及四川小店，遙望對街的超市。那間上環永樂街與利源東街交界的辦館，頂着殘紅色的招牌，變成一間短期租約的跳蚤店鋪。可幸藤器店仍然在門前擺着桌椅、掃帚、筲箕，用以盛載時間。母親的眉心長了三道淺淺的豎紋，那是爸爸、妹妹和我。

書院的味道

正是：烈日當空，蟬聲伴着宿醉的頭痛。我從學校爬上地鐵站。剛剛被他們慫恿喝了酒。早知就不要喝那麼多。雖然其實平時我不會喝酒，但是當小曼在教員室的貼牆櫃上面拿出不知哪一年送贈的選修科戲劇教材《溫暖人間》，然後在兩個甜甜圈中間再找到淡綠色的酒瓶玻璃時，酒就像貓的眼睛一樣看着我。

那天不知道為何沒有課，為甚麼在恆常上課的日子沒有課呢？反正印象中沒有學生。或許是四點鐘放學之後。也並不是完全沒有。學生大概總有三數個在籃球場，或者在畫畫。

小曼熟練的搖着酒瓶，甚至沒有用《號外》掩飾那塊晶瑩通透的玻璃。新鮮的「藥水」在小曼手中搖曳，輕輕倒在粉紅色廉價塑膠杯。這無疑沒有氣派，或者說把那個美妙酒瓶，貓的眼睛完全降格。但不要緊，今天陽光雖很猛，侯王廟的天台仍有惠風吹拂。

這兒好像誰也可變出一席佳餚。再後來芙芙和建音也真的做了一桌家常小菜，用那個簡陋的廚房和沒有鑊氣的電磁爐。反正互相調侃，才是我們的主菜吧。天台灰色的水泥地。清風、陽光，侯王廟的瓦頂。那時候還沒有園圃，只有灰色的牆。牆身有同學的塗鴉：憤怒的、抽象的線條，另一幅牆，寫着「我對青春無悔」。

正午時分的酒會要開始。那時候笑起來有酒窩的阿語，也還沒有要去學佛，也還未有打算移民到克羅地亞。不知道喝了多久，應該也不是很久，一向沉默是金的才子祺突然開口談俄國導演塔可夫斯基。過了好一段時間，我才發現他們不是在談杜斯妥也夫斯基。有人問，然後有人答納粹德國的時候波蘭有多慘，比伊斯坦堡遭受到的淪陷悲慘多了。小曼講了一大綑後現代主義。誰批評誰在藝穗會的個展。討論楊德昌、John Cage。泉水微笑側頭，卻說自己甚麼也不懂。陽光下她的酒窩非常迷人，輕柔的身軀秀色可餐。剛剛進這灰色校園的時候，我根本不知道香港有藝術家，正如大家不知道香港有作家一樣。後來話題當然聊到去哪一種酒好飲，或者好飲但易醉。

是因為年青嗎？那時候彷彿永遠都還有時間，無限的課時，通常在午後或者放學之後。沒有太多設計，基本上也沒有規範。雖然原則上受政府部門規管，但是沒有人記得。因此就全心全意的辦教育。反正這裏常常強調，Think outside of the box。我認為還是首先需要有個「框」。可在天馬行空的書院，任何理念都需要賣力推銷。

這裏就是，你必須有嚴謹的邏輯，而且說話之前你必須引用一堆哲學家，或者藝術家去說服別人。即使是在教育中行之有效而且顯然易見的規矩，例如要不要排隊，能不能染髮，也會關係「階級與平等」、「自由及限制」等等的思考，為免自暴其短，開口之前一定索盡枯腸小心翼翼。像我這樣只懂我手寫我心的詩人，反正「詩無達詁」，還是少說話多做事為妙。後來我才知道，那時即使吵得面紅耳赤，也還是理念之爭，大家都在堅持自己相信的事。何必曰利？即使忍受彼此的臭脾氣，也還是比這個世界偽善的面孔好。

學生佩橋坐在教員室的地下，手撥新學的結他在自彈亂唱。體育老師水城好心，拋一個兩蚊給她。

Crazy about Art and Culture。

書院第一條，也是最重要的一條法則。「藝術生活化」有時也體現在師生平等。藝術往往通向自由。這裏事物的準則，很多時未必是好不好，而是美不美。學生理論上不可以自行「走堂」，但是真的「曠課」，也會大條道理地跟你說，他在畫畫，選擇「自主學習」時間。所有道理變得似是而非，逼你重新思考。又或者，重返第一原則：「美即象徵善」。

由此書院實在能訓練老師——必須有實力，更要有吸引力，把課講得好好。當然也有人在餵海豚。逼得我一段時期屢屢重溫幽默文選、看 Ted talk 重新學習說話技巧。曾經有人說：「老師不要『扮』教書，學生也不要『扮』在上堂」，便立馬得罪很多人，即使在講求「真理」的書院。然而那不失為一個很好的提醒，在日漸異化的世界裏。

在讀甚麼？要教甚麼？幾乎是我們每天都在討論的事。更多時，因為社會的起伏，把當天的新聞評論直接印給學生討論，然後配一篇文學經典。狄更斯，波特萊爾，或者曹雪芹。那時候，我通常會看天氣看心情，為學生講一首詩。雷雨交加，正好讀〈有美堂暴雨〉。星期二午飯詩聚，讀關夢南的蒸魚詩，讀詩下飯。飯後吃葡萄。放學後與學生一起手抄文本做海報貼在民主牆或圖書館。有位同學很喜歡夏宇的〈甜蜜的復仇〉，也真貼了詩，把馬友鹹魚掛在籃球場，彷彿在敲問青春與愛情。後來聽說鹹魚被工友拿回家「加餸」了。

有時我們會藉「開會」的名義，到學校附近的九龍城廣場上館子。以前有一家叫「普光齋」的素菜館子，有很可愛的造型點心。阿語喜歡吃白飯，每次都會「包底」。小曼每一次都會點欖菜雞蛋炒飯，欖菜的鹹香伴隨着粒粒分明的米飯。小曼那時喜歡跟學生糾纏不清，這點我很不以為然。然而我們竟是同一天生日，性格看似南轅北轍，也從來不肯承認，某種固執和任性。後來好多年彼此生日，她也會在面書「嗨！」一聲。巨蟹座果然是念舊情的人。在普光齋，我會點蒸淮山，一塊新雨後的藍田玉。

為了迎新和歡送，中文組也到「志蓮淨苑」吃素。人造水簾洞之下，旁邊還有個不知是否風力水車，好像黑澤明的七幀夢中，那些巨大的輪。志蓮的粥，輕輕的吹，把凡塵俗事都吹得雲淡風輕。明李漁曾經說，要講好吃的食物首推鮮蔬，以其「漸近自然」。因為食物好吃，在「志蓮素齋」談的話都接近心事，也把平時的心病、功利心暫時摒除。談天，是精神上的潔淨。有錢的時候固然絕不說錢。那時我們都很窮，卻在談世間最昂貴的東西。

茹素，絕對是書院的飲食潮流，連九龍城的泰國菜也要屈居第二。除了天明推廣 Green Monday 特別成功之外，大家平時會炫耀自家製的素食飯盒，訂本地有機農場的蔬菜。有機種植農夫袁易天來講講座之後，很多同學希望「返鄉下耕田」。芙芙和學生在書院的天台種小番茄以及西蘭花。

在書院看到正值青春發育時期的年青人，因為學佛或者書院潮流，堅持吃素，就很替他們的父母捏一把汗，畢竟天下父母也希望是由別人的子女拯救地球。吃素很好，素食也很好吃，也未必要深究吃素的原因。有位小詩人夏昵對我說：「吃素可不可以吃點更加好味的東西？」好奇問她，她心目中好吃的東西是甚麼，回答竟是「豆腐卜囉」，由此得之：嚴禁食慾，成了書院的另一種修煉。至於色慾，倒是縱容目迷耽美。

另一位在書院時茹素的小詩人，後來同時考入了中大藝術系及國立臺北藝術大學，取捨不易，來問我意見。我當然是說中大，中大，中大。後來她真的入了中大。今年多事的暑假，我們還吃過一次飯，發現現在的她竟會吃雞肉。想起那個下午，她的母親找我談談的時候那個憂心的表情。

想不到今年秋天，妳也真的到了台灣。不知道現在的妳，是否在吃鹽酥雞？吃素還是吃肉，也是自己的選擇。每走一步，縱是艱難，也只能心存善念，見步行步。即使如參商，天涯若比鄰！

偶爾，健音擺一桌功夫茶，大家正好把正在讀的書，或者讀過的書包拋來拋去。精神激盪之後，芙芙取出精緻的食物，水果、紅吉兒餅乾、魷魚絲之類，伴隨她爽朗的笑聲，彎彎的眼睛。正在皺眉頭的才子祺瞥見了，突然一問：「這是甚麼嘢喋？」然後大家取笑他饞嘴。「觀音娘娘」芙會賜他一塊朱古力曲奇，大家吃得香，然後就回到剛剛的話題，阿語一邊解說理念，一邊寫白板，滿滿的字，是在建烏托邦。

美女泉水曾經不經意的說，如果要討論康德，在香港來說，要數她是專家了。這說法得到書院才子們認同。可我所認識的泉水，更像永遠的少女，追求絕對純真的愛情。她曾經跟校長May說，「我實在無辦法愛太多人，我只能夠愛一個人。」因此她就不用做班主任了，只負責在堂上把中國哲學講得鞭辟入裏。伴隨崑曲藝術演員的修養，她講的中國藝術史，也真的讓我們如痴如醉。有一次，大概監考工作太無聊，泉水竟在監考試場——那時用展覽廳，揮灑桃木劍。難得這裏的學生非常鎮定，大概也各自沉醉在自己的世界裏。這樣從唐寅的畫中走出來的顏如玉，明明該吸風飲露，很難想像她午餐時吃豬扒雙腸煎蛋飯。

後來因為愛情的磨難，泉水曾經讓我們非常擔心（她不是不會而是不願意在愛情中機巧算計），任那姹紫嫣紅開遍，都付與斷井頹垣。幸好落入泥巴的翠鳥，後來還是保存她的優雅，順逆無阻。泉水曾經說：「我的人生只為了藝術和愛。」我非常羨慕，奉為金科玉律。後來也再沒遇見一個人像泉水那樣純粹。記得某天在教員室，她突然變成春香，青蔥素手撿起嬌紅絲巾，斜斜的半掩臉，露出含笑的眼睛，用崑腔，曲婉纏綿的吟唱：「姐——姐——」。後來，她真變成那個人，走起碎步蓮花，一邊唱：「良辰美景奈何天，便賞心樂事誰家院？」

山頂六十度

我在銀行的裏室爬了三級鐵梯，身體約傾斜了六十度，打開，拿出一個看來面積不大的橙色盒子，一拉下來，竟是很長的長方體，裏面能夠盛載的東西，都一一呈現眼前。位置太高了，必須爬上才能把長方體盒子拿下。我總是好奇，別人放的是甚麼。會不會是生物，如烏龜之類，甚至是一灘水，待末日以後外星人來複製我們。你說有些人用來放遺囑，我不知怎的總是以為是骨灰。這是個「冰室」，是用來盛載桃花的地方。

關上三重門以後，我們今天打算爬上太平山。經過中環的瑞獸，再排隊，像調味醬一樣混在白種人和黑種人之間。纜車使得我們腰板挺直，你說，真是有六十度啊。我其實不知道六十度有多陡峭，但是你說了，就是背靠着椅的感覺。努力在霧色濃重的維港看景，看到的不是雜草就是摩天大廈。這些大廈裏面，住了甚麼人呢？此刻此生，又在幹甚麼？

進了凌霄閣。凌霄閣——竟是這樣凜然的一個名字。我們剪風前行。山下的狂風颯颯送爽，我畏高。放眼望去，維港愈見瘦小，兩邊的機械臂張牙舞爪。但我仍是像他們一樣，好好的依偎在你身邊拍個照，又為其他相遇的人拍合照。你說這裏的「在山頂說愛你」的牌太商業了，我只憂心人們寫上的祝福卡片不知道多久才清理一次，如此人們的希望就會被送往堆填區，就如中秋節時把詩句放在塑膠小船和假運河一樣。死水瀲灩，燭光明滅。那其實是電池燈。但是人們寫卡片的時候，神情是那樣歡快，那樣天真。

我去探望婆婆，數數善緣，讓心安住。和婆婆談了一會，讓心安住。午後的日光爬上表兄弟的練習本，和東野圭吾身上。婆婆問，你們嫲婆的事，你有沒有去。有的，我說，想起她安詳地睡着的樣子。再想起在棺木中很乾的內陷的公公的臉。那該不是我公公了。公公是愉快的從走廊那邊冰箱過來，端的是舅舅從法國寄來的巧克力，讓我和妹妹挑一顆好吃的，他又挑一顆，滋味的吃着，讓不敢吃牛奶的婆婆直瞪眼。他如今坐在婆婆廳中的長方盒子裏，笑瞇瞇的看着我們。

山頂突然下起雨來，我們坐在餐廳的高椅子上，眺望南岸的一列酒紅色房子，和幾尾貨船。樓下是兒童遊樂場，一尾氫氣海豚被女孩金髮晃得前仆後繼，一個男童與另一些人喧鬧奔跑。他們應該不是尖叫，卻被空曠的空氣和鬱葱的山嶺蓋着了。

回家以後，你說，快過來看，網上的即時新聞寫着：「正午十二時，山頂停車場發生致命交通意外，兩名工人被溜後的貨車撞倒，一人重傷，一人返魂乏術。兩人皆為家庭經濟支柱。」

那時，此時，我們翻看早上拍的照片，鮮活的兩個人兒背後是灰濛濛的天空，好像也比現在的我們年輕一點兒。而且看來如此快樂。

南區記憶——珍寶海鮮舫

它明明是在南區海面升起的一枚寶石。你走到鴨脷洲大橋上，一邊是避風港，漁火閃閃擦浪濤，大浪翻起比船還高。橋的右半邊，你會看見在漆黑海面上閃耀着的這一顆寶石，珠光寶氣的散發着舊時代的奢華，那就是珍寶海鮮舫。那不是現代化的遊艇，有着光潔的船身以及流線線條，公子哥兒假日要去出海的。那是雕欄玉砌應猶在，只是朱顏改。這個年代我們竟然不懂得欣賞它的美，確實它已經過氣了，它的金碧輝煌，雕刻的是昔日時光。

但是我記得從前是怎樣來的？走到碼頭開始就彷彿蘊藏古老的故事，一定要乘坐專用的小船，乘着小畫舫慢慢的走到大畫舫去。你搖搖晃晃，不到一分鐘就到了海龍皇宮。從前的童話都是怎麼說的？你會看見一個長着蝦觸鬚的部長，還是像蟹王一樣霸氣的大廚呢？其實沒有的。那麼誰是海龍王？君不見那張裝模作樣的龍椅嗎？旁邊還有一些清裝道具、黃袍鳳服。前些兒來，還看到外國人喜孜孜的當皇上去，就像我們現在去京都穿和服。

第一次去的時候還小，因為有外國親戚來港，竟然就興起到珍寶海鮮舫去，聽媽媽說那是很貴的消遣。食物怎麼樣其實已經忘掉，好像記得有一尾很大很大的魚。

珍寶海鮮舫早已成為南區著名的一道風景。但是不知從何時開始，它就只是一道風景，是一道供拍照的遠景裝飾。黃竹坑的工廠區慢慢變成新式的商業大廈，乘着地鐵之便，這裏特別多設計、初創、多媒體公司。穿著時尚十分型格的人們在這裏上班下班。這類聚了的人流，也沒有想過要到珍寶海鮮舫。

近年來因為工作關係我倒時有機會到珍寶。每逢公司有甚麼團聚節慶，因利成便也會到海鮮舫舉辦員工聚餐。通常也是老闆包底結帳。再去的時候我很好奇，這個小時候的海洋皇宮現在變成怎樣呢？可能是因為公司聚餐吧，你很難想像海鮮舫會給你一個團餐的形式：一碟十二條春卷，一籠十二隻蝦餃。味道呢，就跟平常差不多，但是你準懷疑，因為這裏是南區的關係，蝦餃會特別鮮美。這裏的食客也很少見到年輕人，年輕人呢？就是幫你斟茶加水的那一位，正是在附近住的學生，偶爾在這裏做兼職。

除了聚餐，我會慢慢享受乘船過來的一分鐘，忙碌的工作中，你突然能夠逃離，讓寧靜的陽光從海面反射着波光瀲灩。看着船離開時噴下的煙，對面的是玉桂山。一切古老而靜謐。你暫時能夠穿越古代，雖然古代也有複雜的人事關係以及君臣結構。

珍寶海鮮舫長年太依賴遊客生意，現在這樣的情況也非一朝一夕。這裏曾經是水上人婚嫁擺酒的地方，當然現在也在岸上擺酒了。你也不能巴望天天有遊客過來。看到它在弱弱的呼籲，不知道政府會否出手相助。但是更不知道的是，政府出手相助之後呢？但願這裏終於能夠振作一下，與海洋公園一起，推陳出新，變成一個大家願意去，能夠展現出香港的美和活力的地方。

鉛筆和郵票

為了表達品味與個性，年幼的我也開始想想自己要有收藏品。那個年代流行集郵，加上我的起步點不錯，直接就拿取外公集郵簿作為自己的藏品。那是在北角華豐買的紅色硬皮集郵簿，特厚的頁面排行四至五行一吋左右的膠片，給你放郵票。收到信後，你得把整個信封浮在冷水水面，用手指揉着把郵票慢慢撕出來風乾，這個時候如果撕破郵票或者扯掉角兒，那麼這張郵票的價值也會隨之下降；雖然從來都沒有認真賣過郵票，但是缺角的郵票仍是有點扎眼。

那時候流行的偵探小說，常有這樣的一個情節：某先輩傳給孫兒一份一千萬遺產，後來這個承繼遺產的年青人，卻只收到一封信，信封裏空空如也，沒有收到錢。當然小偵探就會知道：那封信的郵票才是價值連城。

外公的郵票都是從舅父由法國或者美國寄來的家書而得的。於是我便獲得很多外國郵票：戴着奇怪帽子騎馬的男人，穿蛋糕裙的女人，或者不知名的生果，又或者描述一項運動，那時候給我無窮的異國想像與樂趣。我也會問菲傭姐姐取郵票，當我成功完美無瑕地撕出一張從菲國寄來的、印有芒果的郵票，雀躍地要給姐姐看，她卻不知為何，眼角晶瑩。

後來覺得集郵太普通了。有一段時間嘗試蒐集「招牌」，那是香港經濟起飛的八十年代，每次消費一件貨品家庭電器或者是衣服鞋襪，就會有一塊小小的招牌紙，告訴你產地牌子年份甚麼的。這塊小卡片也挺可愛，有商標設計，好像物品的身份證，就收集起來。貼滿了一本畫冊之後突然覺得沒意思，放棄了。

那時候想附庸風雅，覺得儲鉛筆也不錯。鉛筆可以用來嗅嗅，那是木香，書卷味。現在應該沒有小時候瘋狂，但是如果看見別致的鉛筆還是作為手信買了。把家裏的鉛筆綑在一起，或者攤開來，落英繽紛。不知道它們原本是森林的哪一棵樹呢？

春風打鞦韆

不學詩，無以言

二〇二〇年剛爆發新冠肺炎，在網上看見一張相片。對比起我們同胞簡潔寫上「武漢加油」，日本人捐贈的物資包寫上的字真真讓人汗顏：好一句「山川異域，風月同天。青山一道同雲雨，明月何曾是兩鄉」，教人突然回到二千多年前「不學詩，無以言」孔子教誨的時代去。

好端端說甚麼詩？第一就是被直覺的美感擊倒了。這是語言，或者文學能給人的幸福。

第二，王國維曾經說過：所有的寫景都是抒情。所以寫的「山川風月」並不是真的只是寫景，它是帶着一份情誼的。寫來婉約含蓄，但是聯想的空間卻很廣闊，要求有文化素養的人結合語境來看。

第三，人類在危難之中互相幫忙是一種高貴的情操，雪中送炭的美德透過詩來表現最適合不過，用以歌頌彼此的友誼。

不學詩，無以言。不學禮，無以立。我們不能輸掉！

現在北風其涼，雨雪其雱，果然在「品葱」網就看見出題：「我們自己人支援武漢應該怎麼喊？我拋磚引玉啊：『碩鼠碩鼠，無食我黍』」，一時就引來浩瀚的留言，還有眾多與子同袍之聲，其中「達拉雞」語：

危樓高百尺，手可摘星辰。
不敢高聲語，恐驚天上人。
好一個大唐盛世。

後來好像曾經被屏蔽，又有人再貼出來。留言精彩百出，完全就是一個借古鑑今的盛會。

於是興起找一找唐詩，看看有沒有適合的向日方答謝的話。

杜甫的〈江漢〉雖然是自傷之詩，頸聯或可以一用：

落日心猶壯，秋風病欲蘇。

表示自己尚有氣魄，雖然病了但漸好轉，能夠振作一番。但是想想以自己已在垂暮之年來比喻武漢，武漢人應該不願意，還是不適合。

劉慎虛的這首詩雖然是闕題，但用首聯正好：

道由白雲盡，春與青溪長。

暗暗回應對方用「山川日月」的意象。詩中景語，也有飛流直覺的美感。這首詩的白話解釋就是：這條路是由白雲盡處開始的，可見是正在上山。結合語境的話，是指武漢抗疫的險峻，而且已經走過不少艱辛的路。

第二句「春與青溪長」：經過的這一段曲折的溪流（川），卻是一路能看見春色的。青溪不盡，春色也就無邊。可幸路上有你們的支持。

是的，我們也正歷艱難，感謝你們一路上帶來的美意。

抗逆時代之網教實驗

二〇二〇年年廿八開始悠長的「農曆年假」。在十多年的教學生涯之中從未試過。從未有如此期待上班：回校跟學生有事沒事的搭話、處理收回條、點名、追問誰沒有交功課之類的事情。「我個筆袋呢？」「Miss 我唔見咗個筆袋……」然後他隔籬位同學嘴角上揚。「Miss 可不可以喺 locker 取書？」無聊日常，此刻教人懷念。

現在抗疫，於是開始嘗試做網上教學，簡稱網教。開始的時候是想要拍片，就到樓下「肥仔開倉」打算買一支自拍神棍，心猿意馬終於可以加入 YouTuber 行列！買的時候還在想：說不定不覺紅了，以後靠介紹甚麼文具或者洗頭水就可月入豐盈……好像想太多了。「自拍神棍嗎？沒有了！後天會返貨，現在很多人找呢。」兩天以後我終於買到了，這到底是怎樣操作的？真像周星馳電影裏的「蠱惑的槍」。好吧，這個上面還可以打燈，實驗之後發現原來真的一定要打燈，面色好看多了。突然想起很多年前佘詩曼拍《公主嫁到》收視有三十幾點，她說多謝攝影哥哥打燈打到皮膚像剝殼雞蛋那樣滑。

開始拍攝的時候就發現聲音很奇怪，日常聽起來還是比較沉穩的聲線，原來一通過電腦傳音就變成尖聲族，即「雞仔聲」；手提電腦的內置鏡頭變成水底拍攝。只好冒險出街找尋比較好的鏡頭以及咪高峰。這部分學生其實很熟悉的，因為他們平時打 online game 就需要快狠準的向隊友喊：「衝呀衝呀。」「沒有了，這兩個已經賣了。只剩這個六百多元的。」我到底還是不捨得買，看來應該還是做不到網紅。

好了終於萬事俱備。網教來說，當然要多做一層功夫，平時 chalk and talk 的板書都變成詳細的簡報。這個簡報要比平時做更多，基本上每一題都要留三、四個分頁放追問的問題，畢竟你平時可以在課室點名學生回答的過程都被省略。很多時都是在自問自答。

拍片的過程是能夠比較順暢，你不用做課室管理，只管說自己的。拍攝時說得不好的話，就用 ActivePresenter 這個免費下載的軟件剪輯，此短片工具簡單易學，YouTube 找一找就有很多台灣老師的教學片。

但是小心拍攝和剪片很花時間，很容易讓人沉迷下去。初玩的時候不熟練，為了把學生平時在校園電視台拍的片編輯剪好教「書評寫作」，我用了八小時去剪六分鐘的片，那天是情人節。還有就是如平時寫作一樣，你必須要注意觀眾觀感。因此我有時會做一些小遊戲：例如在影片中放一堆密碼，然後要學生串連起來猜猜謎。學習電影放一堆彩蛋。偶然加入家中寵物片段。本來有學習動機的同學會重看你的教學影片。這點就是影片教學優勝的地方。用句冠冕堂皇的話：「促進自主學習」。

除卻老師本來的教學質素，利用教學影片的教學效果是否更佳？這樣歸根到底還是視乎學生。如果以媒介來說，它的確能夠做到一段時間以內的高度集中，把課堂上的干擾減到最低。你的樣子或者你要教的東西，佔據學生的所有專注力。當然沒有動機的學生根本就不會打開教學影片。還有你不可能享受學生求知若渴的眼神。

兩星期後，教育局長宣佈學校將不早於三月十六日復課。那麼就算每天拍攝教學影片也難以應付實際的教學需要了。畢竟老師會擔心回去以後，也恍如隔世。一些沒有太大學習動機的學生，「成個散晒」，要花很多時間把他們縫合成形。所以，就開始籌謀學習網上實時授課。

開始的時候打算用 Google Classroom 或者 Google Hangouts。這樣對低年級的同學或者沒有忘記密碼的同學是非常方便的，特別事前已經建立群組，還可以做好點名工作，記錄及收發學生功課。但是現代社會人們不記得密碼，就像忘記洗手般平常。因此就改用Zoom，一個免費網上會議平台。好處是只要發一條link給學生，或者給會議號碼，學生就可以打開你的課室，隨意門一樣瀟灑。

實時教學如果沒有互動的話，就不如拍教學影片。因此我在原來的教學簡報上都做了互動的教學設計。教學簡報就像一個畫板，然後大家就可以在上面寫寫畫畫，回答問題、圈出重點等等。我發現一些平時上課羞於答問題或者覺得舉手很幼稚的同學，現在都不怕在網上答問題，反而增加了互動。

使用視像會議軟件上課，初時大家都關了視訊，但是經我再三邀請之下，同學終於讓大家一見廬山真面目，畢竟很久沒有見大家，霎時電腦屏面溫馨洋溢。大家一起寫寫畫畫，探究問題就完成了。然後就開始無聊的傾談。太好了，我終於又可以聽到這樣的對白：「還沒有交功課要交功課喇」「係囉陳XX快啲交功課啦……」「陳XX，你電了頭髮嗎？哈哈哈」「阿仔你不要成日打機……」「唔係呀我上緊堂」「嗰個尖尖的聲音是誰？」……

當然還可以在開始的時候錄影課堂，萬一有同學希望回帶或者沒有上堂就可以「去片」，這樣隨時重溫的學習方式也有好處。

無疑網上實時教學只能是權宜之計，務求與學生一起，不要太「甩轆」。不知道何時可以風乎舞雩，詠而歸。

喝一杯沙士

（十年前寫沙士的文章，如今抗疫日子重臨，重讀之，百般滋味在心頭。）

我們這一代，終於有機會走進大歷史，走進名副其實的內憂外患。這幾天，天空爆發了一場病毒，雖然人們說那是「非典型肺炎」，後來又說那是「冠狀病毒」，我卻懷疑，這是人類自製的生化武器襲擊。這不是電影，一覺睡醒，人間的一切還沒有完結，我們只好無力地生存下去。

大學校園內舉行的反戰集會，在席不到三十人，其中不少是學生報、學生會的「自己人」。任由嘉賓同學如何聲嘶力竭地宣揚反戰，還是被隔壁餐廳內同學一浪接一浪的笑聲蓋過。另一邊廂，同學魚貫簽名慰問為我們「打仗」的前線醫護人員，切膚之痛真實具體。可是，何時我們能夠把切身的關懷和愛推及世界？

物力維艱，大學生也許比從前更重學業，也減少了「搞活動」。歷史循環，世界重新變得錯亂無序，我們似乎沒有任何積極的事情可做，戰爭、病毒混和在空氣內，每個人都必須吸進體內，讓它們構成生命。在炮火勤懇準時地轟炸、病毒不斷蠶食肺部的時候，我們依舊妄自菲薄，任由時間流逝，活在一堆混亂恐慌的日子中。這些生活，其實像古往今來的日子一樣，時空雖然沒法交疊，但其實內裏的底蘊卻一式一樣，我們成為主角，同時命運隨機地把平凡人的人生分割。

經過時間，我們學會把毒氣慢慢地呼出來，像從前的人一樣，練成更高層次的抗體——盲目和冷漠。

我們的冰冷由積年累月的無力感養成，但是它卻無意間縱容兇手的殘忍。一個人因為別人的死亡（某種文化的死亡）而快樂，這裏面的內在結構是一種物質的生長與侵佔，像太極，一方把另一方輕輕漂染，最後卻把世界染成同一樣的顏色。然後，又會被另一種外來物侵佔。我不知道，相對於人類的外來物會是甚麼？現在看來，也許就是病毒。我們指望別人，渴望着明天局勢好轉，這堆等待希望的日子，最後卻構成了自身的生命。也許，我們現在就應該認真地重新審視道德價值、盡量做到愛人如己，而不是只要求別人有公德心。

同樣，我們常說，文化是人類的公器，如果連大學生都不肯站出來說反戰，為公義說一些話，都如此缺乏使命感、承擔感，豈不愧對我們身處的時代？人類與病毒的戰爭一定會永恆地打下去；但是下一個世紀，還會有人談文化多元、和平共存嗎？

寫於二〇〇三年三月三十日

抗疫某一天

「停課不停學」的日子，今天還是要回校開會。

特別早點起來做早餐，終於可以暫時告別「唐包點」的蒸飯。之前每個上課天八時十五分，我會用八分鐘的時間幹掉一個北菇雞飯，以應付三連堂的體力需求。

現在起床之後，在iPad開莫札特，或者海頓。家裏從來沒像樣的音響器材，平時根本沒有時間玩。但是古典音樂讓你直接感受誠品氣氛。然後就去烚蛋。在家裏吃早餐，打開雪櫃有儲糧，還是感謝前天到超市搶購的自己。煮咖啡、熨多士，最後炒蛋，美好早晨，有條不紊。難怪有朋友說，終於感受到一點生活的質感。雖然帶着歉疚，但必須誠實地承認這一點。

打開新聞報道，又一人在我住的區確診。不敢乘搭平時坐的小巴，只好乘的士吧。自我安慰而已，你總是能夠想像肺炎病毒的鈎抓住你的肺。

今天改用禮堂開會。偌大的禮堂就只有七名老師開會。每人隔三個身位，然後校長一樣要求同事打開窗。這樣好像會比較安全。今天就是討論網教的安排，為了配合教育局的要求，以及家長的質詢。早前拍攝的教學影片，收視率不知如何？連我自己重看都甚覺厭煩的話，真是可以肯定學生看不下去。無論做甚麼，有趣是很重要的。至少要說說為何有趣。

做到 YouTuber 也不容易呢。畢竟影像語言需要學習，不是很多老師主修多媒體傳意。他們不過是一個姿態。實時網教呢，有互動的話應該會比較好，不過現在有人說規定同學打開視訊樣子的話，好像侵犯私隱。

早上十時半開始開會，現在已過了下午一時。鄰座同事跟我說：他已經飢腸轆轆。幸好我今天早上吃了豐富的早餐，除了雙蛋以外，也把前晚留下來的六個素餃吃完。大家戴着口罩的樣子都很像河豚。藍色的綠色的白色的河豚。我今天是白色的河豚。說話的時候，就像深海游泳，擺動着腮。窗外偶爾有巴士駛過，很吵。

畢竟上班的話，時間就會過得飛快。終於可以下班吃飯。平日呢，人多的店家一定好吃，即使排隊也一定要擠進去。現在為了防疫，挑一些沒有人去的店家，盡量與別人保持距離。那個茄子炆米，果然很難吃。不過也不能計較，晚上還是回家自煮吧。

下午還有時間就去了超市。今天人很多，就像平常一樣。竟然有賣3M口罩，看起來十分厚重，仔細看其實是工業用途，不能防病毒的。看到新出精美的貼紙，哈利波特Q版系列，想一想還是沒有買，現在都是給電子功課，好久沒有在默書簿上貼上貼紙。想起那個男生，聖誕聯歡會之前終於儲到三次默書一百分，得到三個聖誕老人貼紙，讓我好好的送出禮物。啊，聖誕節，好像上個世紀的事。

這段時間都不敢上瑜伽課，回家自己做的話又懶，動作一定不夠「正宗」，上次上課時我拉傷了左手手腕。為了完成今天的運動量，於是到後山去散步。香港很多地方都有屬於自己的後山，這是多麼幸福的事。沿路沒有見到一個被棄置掛在樹上的口罩。原本戴着手套就是想着幫忙丟棄山裏的醫療廢物，大概這邊人人都這樣想吧。留心一下，世界也不太壞。這邊也有一個小瀑布，平時星期六我會帶備水樽，取一些山水回去，煮好之後沖茶喝。現在當然也不敢了。

不斷以接近日常的方式活着，在害怕和猶豫中下每一個瑣碎而澄明的決定，就是現在的生活。

賣鯇魚尾

「一物治一物，糯米治木蝨」，「Miss，你在說甚麼？」說的是有一次在課堂中，為了形容兩位「不是冤家不聚頭」的同學，時而「糖黐豆」時而「水溝油」又能互相牽制的現象，我便用了這個形容詞。同學們都瞪大好奇的眼睛。我很享受這樣的眼睛盛宴。

從前，當媽媽說：「好邋遢呀呢度，要注意乾淨。」我也會瞪大這樣好奇的眼睛。「邋遢」是甚麼呢？邋遢邋遢——聽下去像一個好特別的東非地方。後來我才知道「邋遢」的意思。媽媽又說：「要儲錢呀，儲錢是好習慣，使錢容易儲錢難，唔好洗腳唔抹腳。」那時我並不知道，所謂「洗腳唔抹腳」即邋遢和儲蓄的關係。媽媽還會說：「這樣山旮旯的鬼地方。」現在「山旮旯」這個有趣的詞，好像也在一些年輕人中流行起來，我的一個學生，經營了一間食肆，招牌為「旮旯」，竟然還是賣日本菜的。還有這一句「上面蒸鬆糕，下面賣涼粉」比喻天氣寒冷的時候，女子們為了「抵冷貪瀟湘」，上衣厚重，下身卻露出一雙美腿。鬆糕和涼粉現在已不大流行，但是這樣的形容貼切而生動，真是太好玩了。

關於有趣的語言，我想是各家各戶也會有自己的創作，就好像家父，勸勉我們必須辛勤向學努力向上，「如果唔係，就會好像，木木獨獨行路大結局」。我對那些奮發向上耳熟能詳的道理，深感厭煩，但是這無端生出來的一個人，「木木獨獨」，彷彿一條直線的直走到人生的大結局，卻有很深的印象。後來還在想，人生中哪怕是一點波瀾，一點堅持，一種執拗，然後是必然的遇到挫折，也總比記憶中那個「木頭人」好。

廣東話或者粵語的地道說法、俗語和歇後語，就像使得每一個字都像迷宮似的，精微而刁鑽。但那是快樂的遊戲迷宮，講者固然痛快，打的比喻準確抵死、擲地有聲；聽者婉轉意會後，很多時也是哭笑不得，一唱一和之間，大家都在說故事，對話變得非常精彩有趣。反觀現在，一個字的形容詞非常流行，例如形容一個人很厲害，從前可能會說「很把炮」，現在就是很勁。形容一個人沒甚大志，或評「頹喪」的狀態，就直接用一個字「頹」，我們還會說「好爽好癲，好絕好誇」等等。「一個字的形容詞」雖是反映當代日常「快狠準」的文化特徵，與從前的話比較起來，卻不免味同嚼蠟。

大學的時候，上文藝創作課，當時的樊善標教授為了使我們在作品中寫好對話，安排了一個課堂活動。他請我們出去校園走一走，嘗試觀察或者偷聽一下其他人的對話。於是我走到附近的宿舍，坐在大堂的沙發上，靜靜地聆聽當時的一個清潔阿姐與管理員叔叔的對話。她說：「這真是啱啱遇着剛剛……」然後又說：「他呢真是好醒，入水能游，出水能跳……」當然另外還是說了一些話。這真是一個好的教學活動，我們有時會說「咁啱得咁橋」，但是我沒有聽過「啱啱遇着剛剛」，在清潔阿姐口中的這個詞，竟有種「三及第文學」的情韻。後來我發現，「入水能游，出水能跳」這個形容詞，原來是「二十世紀的文壇巨人」錢鍾書的母親稱讚媳婦楊絳的話呢。錢鍾書的母親誇楊絳先生：「筆桿搖得，鍋鏟握得，在家甚麼粗活都幹，說得真是出得廳堂，下得廚房，入水能游，出水能跳，鍾書痴人痴福。」印象中經典粵語殘片《危樓春曉》也曾經出現這樣的一句對白，應該是紫羅蓮講的。

最近重讀李婉薇博士的《清末民初的粵語書寫》，引述梁啟超在一九〇二年《新民叢報》所說：「俗語文體之流行，文學進化之一徵也。」他認為改良通俗文藝就能改良社會，並舉了一些粵謳作例。粵謳是清中葉興起的民間唱說文藝，又名解心。鄭振鐸指粵謳「豪語如珠，好語如珠，即不懂粵語者讀之，也為之神怡」。這裏偶拾一句：「奸仔似虛花，盛極終須無結果，好人如夜月，缺時究竟有團圓。」真是人情練達、見得世面之語。可見以一地方言移風易俗，可有神效。

口語本來是口耳相傳、隨風而逝的聲音，要轉化為書面語，才能更準確的傳承和確認。黃碧雲的《烈佬傳》，以大量的粵語入小說，後得到文學界的肯定，也可謂絕無僅有。「紅樓夢獎」決審曾說把世界華文長篇小說獎首獎頒給《烈佬傳》的原因，是這部小說的匠心獨運，「將粵語口語精心提煉為平實、結實、表現力內斂的文學語言，從敍述層面賦予『不識字的口述者』以主體身份和尊嚴。」而在黃碧雲的獲獎感言中，她回應審議報告，指出此書獲獎最大的意義，不只是語言而是題材。也許這樣的題材，這樣的關懷，也必須得用粵語，也是小說主人翁的口語，才能表達他的狀態、他的生存處境。

為免日後，即使是同代人都會變得「雞同鴨講」，為了增添我們語言的豐富趣味，我仍是很樂意跟我的學生偶然說說這些廣東話俗語，無意之間，也能開拓彼此的想像力呢！常言道語言是非常接地氣的東西，願我們廣東話生動活潑的一面能夠保存下來。

《時代雜誌》說：「每一分鐘，這個世上就會有一種語言消失。」這已經是我十年前看的句子。我們的文明走得飛快，世界的幾個核心權力迅速統一靠攏，各方面的霸權甚囂塵上，有幾多人在時代的浪尖上，還記得鄉下世世代代家門前的一灣河水，山下樹前老嬷嬷和我們講的話。但是霸權也許不能把靈性消耗殆盡，曾經參觀台灣的原住民博物館，他們把原住民的兒童故事和聲帶都好好地保存下來了，讓這些文化記憶可以留存下去。曾經被日本政府禁止使用的琉球方言在沖繩已經失傳了，卻在美國的一些日本人聚居的地方仍然流傳。

學校裏時有這樣的紛爭，有一些土生土長的香港學生會取笑新移民同學，笑他們的廣東話不純正，笑他們的用語太土。其實鄉音是甚麼呢？那是「兒童相見不相識，笑問客從何處來」的滄桑，必須經過歲月的洗禮。即使在一個還是非常年青的軀體上，他的鄉音，也標誌着他來自的地方。而故鄉，故鄉啊，總是一個美麗幸福的所在。有一天，當我們刻意或迫不得已離鄉別井的時候，又或者所處之地，陌生到認不出來的時候，我們口吐出來的語言，仍然像一顆顆珍珠，長藏在海洋的寶匣裏面，靜靜地等待有心人發現，又或者，消失在大海之中。

蒸鬆糕，賣涼粉

說起「蒸鬆糕，賣涼粉」這個俗語，竟然到今天還有人使用：二〇一八年二月在雅虎上冒起的雜誌標題，寫着「上面蒸鬆糕下面賣涼粉，襟撈某女星街頭喪跑」。這個有關穿衣的形容詞，比喻天氣寒冷的時候，女子們為了「抵冷貪瀟湘」，上衣厚重，下身卻露出一雙美腿；與其說是一種嘲諷，不如說是一種港式幽默的調侃。

在肅殺的冬天，北風呼呼的，夜歸的異鄉人，飄泊的南來者，在地盤和碼頭，或在各種商業機構，幫忙運行着的小螺絲，終於完成一天疲憊的工作。從長街的這一端，走到另一端，街的轉角，散發着曖曖蒸氣，一個大嬸在賣蒸鬆糕，染成淡粉紅色的、或是樸實的富有蛋香的切成方塊形狀的鬆糕。鬆糕可充飢而且十分便宜，放在手上，貼在面上，急忙的咬一口，鬆軟香甜而且踏實的感覺，可以慰勞一天的辛勞。

到了天時暑熱，涼粉則像黑夜的雲，吃進的時候冰涼的感覺一下子充滿整個口腔，然後它們像雨一樣，流向食道喉嚨直至胃部，沁人心脾。鬆糕和涼粉是質樸的美食，女人穿衣被形容穿成「鬆糕」的樣子，因而也添了平民百姓的親切味道，至少不是被評為「聖誕樹」一般畫蛇添足吧。

衣服，特別是女性的穿著，一向就是一個城市的風景，在舉手投足之間賦予這個城市氣質風格。舊年代的香港女性，穿一身蛋家黑衫褲的勞動者，樸實而沉重；五十年代開始從上海傳入的摩登文化，婀娜多姿的旗袍曾經風靡一時。然後是工廠妹萬歲鮮艷而利索的打扮，貼身的洋裝或褲裝，像隨時可以在舞池大顯身手。在此刻在彼時，「上面蒸鬆糕，下面賣涼粉」的穿衣風格究竟是幾時興起的呢？

畢加索曾經說「女人，不是女神便是地布」，這個講法實在很刻薄，對不敢自稱女神的普羅女性來說，有關穿衣風格，我們更需要一種展現個性的日常吧。早已經不是只穿純黑的勞動女性，而是蘇絲黃飛入尋常百姓家過日子；畢竟旗袍美則美矣，「可穿性」也太低吧。說實在，蒸鬆糕配賣涼粉，上重下輕的穿法，騰出健美的雙腿，方便快捷的行動，實在是一種都市日常的實用美學。

蒸鬆糕賣涼粉的穿衣風格也就是一隻可愛的小鳥的模樣。我們形容一個人好靚會說：「做乜今日著到隻雀咁？」鳥的模樣是以鼓鼓的胸部配以靈巧的腳爪，讓我們覺得牠非常可愛。辛勤探看的青鳥、小而敏捷的蜂鳥、近來十分熱門的貓頭鷹……都有一個豐滿的胸膛。鳥的胸部非常柔軟的體貼和順滑，有一層只有在陽光下才能看到的銀光閃閃的粉末，如絲如絨的質感，看上去可愛而高貴。無怪乎女人冬天總穿着超大的毛衣，或是人造或非常血腥的毛皮大衣，密不透風的包裹着上半身。山本耀司曾說，「我一定會在身體與衣服間安插微妙的空氣感。」「蒸鬆糕」，就能體現充裕，給人落落大方的自信。然而這同時也是一種隱藏的美學，唯有適當隱藏才能製造出一種想像，一種未知的神秘。

上身營造出空氣感，「下面賣涼粉」，伸出修長的雙腿。「小鳥依人」的南方姑娘，更能穿出這種風格的神髓。海與沙灘交界之處，包含無窮的生命力，很醒目但也很危險。海與沙灘，流動的飛白，同樣適合形容女子的「絕對領域」吧。當代女裝的流行，從來是一種收緊與放鬆、時長時短的交互循環，一鬆一緊，一張一弛的來回，那麼「蒸鬆糕，賣涼粉」，不正是「完美的平衡」？

我們曾經給這種風格一個很道地很親民的形容，無論「蒸鬆糕」還是「賣涼粉」，都是舊時風景。現在鬆糕、涼粉都不是我們常吃的小食了，這個可親的形容詞還會流傳嗎？

香奈兒說：「時尚易逝，唯風格長存。」走在銅鑼灣街頭，你還是會看見很多「蒸鬆糕，賣涼粉」的女孩，瀟灑大方，大踏步地在百德新街穿梭，不經意地誘惑你。

心也相印

記得唸初中的時候，有位其貌不揚的中年老師，偶爾成為學生取笑作弄的對象。然而，她談及那些遙遠的故事時——松花崗上、九一八事變、抗戰時代、學校艱苦的辦學情景，那細小但真摯、載着故事的眼神，那堅定而激動的語氣，把歷史娓娓道來，比教授任何課文時都還要吸引。

然後本來或喧鬧或呆笨的我們，竟也突然發現了眼前不是平日沉悶、依書直說的老師，竟變成了極富風采的人——那種堅毅，那種傳承的重量。這一印象，深刻地鑄在我們幼小的心靈中。在殖民地成長的我，於是有了對「祖國」、「根」的想像。

忘了在哪一篇文章裏看過這句話：「無論老師在堂上教授多麼有用、多麼具啟發性的知識，學生在日後回首想起的，都必然是那位老師的音容形象，而往往不是那些知識。」這句話或者說是，不知在「從前」的那個瞬間，我們被深深感動了，然後老師的話語、為人就默默地印在腦海中，待「將來」，不知不覺中，竟也成為我們行事作為的判準。

所謂德育，根本只能身教言傳。

中大反核講座記

跟學生走在中大荷花池旁的小石路，彎彎曲曲，顛簸不平，妳說：「最恨這些路，太易拉傷。」不過，這樣子的路，才使我們沉澱下來，更專心走路，伴着細雨濛濛。

講座的內容對學生來說是深奧的，未必能夠即時明白，「但是也希望你們嘗試聆聽，勇於面對對自己來說陌生的事，可以幫助我們發現自己。也許只是單純地看作一個挑戰，嘗試專心的訓練，那就已經很好了。」

講座其實已開始了一段時間，正從核武說到核電廠……

「二戰後，美國為扶植日本成為亞洲的唯一盟友，向戰敗國輸入核電技術，核武變成民用核電。美國現在仍是一邊防患它不信任的國家擁有核武，一邊銷售核電技術，結果印度就是從核電技術發展出核武，軍備競賽的荒謬繼續。……」

又談及日本漸漸出現個人自己對抗政府的方式，已不再信任政府公佈的輻射監測儀數據，搬離所住地，自行檢測輻射量，或把自行監測到的數字在網上公佈。講者認為這種「自私」也許可以擺脫被政府、傳媒散佈的煙幕所影響，力所能及地照顧自己。

如果不是一九八六年切爾諾貝爾核電廠（Chernobyl Nuclear Power Plant）意外，根本沒能促使當年香港反大亞灣核電廠運動的產生，現在「三一一」日本地震周年紀念，我們又重新關注福島核問題，這說明了平日根本沒有注意到我們其實日夜處於危險中，我們正被威脅中。

講者李智良說，「當年八十年代香港本土的反大亞灣核電廠的運動可能成功阻截了在香港境內興建核電廠——卻在一水之隔的深圳興建了。當年反核運動其實將近成功，中央亦有考慮反對聲音，惟當時正草擬《基本法》，為免讓香港人覺得這樣的行動能有效阻礙中央，是故不從民意。」

用原子彈的殘酷來拯救和平，用核武來保持「勢力均衡」，用危險的核電和核技術來保障電力供應，妄想只要技術好就不會出意外，這些一眼便能看穿的愚昧和謊言竟不斷上演着。其實都是個體的「人」的自私和愚昧，讓人類一步步走入更荒謬、更危機四伏的處境中。如果我們繼續視而不見，認為自己不能做甚麼便不做，不出聲，不書寫，那便等如向「政客」雙手奉上命運和幸福。

也許我們真的不知道自己的處境，也許因為太無力，只好選擇視而不見。但盲目只會讓我們更危險。我常常在想，孩子，我們給孩子一個怎樣的世界？文學可以是一條出路嗎？像一些日本人開始透過自身的行動，每個個體知道多一點，時時警惕，不要盲目信任政府、傳媒的論述。

這個從二戰核武講起的專題講座，不只有點深奧，也還有點遙遠。然而世間的事，如果我們眼中只看到自己，那自然是遙遠的。學生饒有趣味的「從頭聽到尾」，即使講座沒有筆記、視像片段、手勢，甚至語調變化。

文學就是見證。反核講座竟成了文學學習的開端。

離開的時候，中大變得更冷了，我看見妳們憂心的神情，和愉快的臉。

我的婆婆是教育家

我的婆婆給我的教育啟發，總的來說比大學的教育文憑所學到的還要多。現在回想起來，發現現在教學的樂趣都是從婆婆那裏「偷師」而來。泛舉以下一些。

小時候，如很多人的小時候，假期總會到公公婆婆家小住，以讓爸媽可以安心上班去。當時還是五六歲的光景，婆婆教我怎樣自己洗澡。她首先拿出自己的長浴巾，一邊教我怎樣兩隻手上下拿着擦背，然後交換手之類，我正留意毛巾美麗的顏色，然後突然見到婆婆光滑的背脊，很光潔的肉色，原來她為了展示勤力擦背的效果，掀起背部給我看看。「怎樣？婆婆的背乾淨嗎？」我那時不知為甚麼有點慌張的竟答「不！」弄得婆婆很生氣，但是現在我還是記得那光滑的背，像一塊大肥皂。

婆婆很愛吃花生。下午茶時間，兩婆孫坐下來，婆婆從矮牆裏拿出一個玻璃瓶，裏面都是花生。她說：「請妳食花生。」於是我便在瓶子裏取一顆。然後婆婆說：「妳真乖，妳不貪心，」現在試試取很多，說時她把手放進瓶裏示範，手便卡在瓶口不能取出了。

現在回想起來，這都是有效的教學設計啊！讓學生體驗真實的處境，展示明確的後果，讓人印象深刻。好像現在教的經典篇章〈蘭亭序〉，雖是高雅雋逸，可學生很難在四壁之內感受天地的悠悠、緣起緣滅的情感。我們也暫不到郊外去，教到陶潛詩時才去吧。我們便只上天台，讓學生接近一點天空，俯察天台的植物園，細聽風聲車聲讀書聲，只消一刻，學生靈感便來，佳作不絕。這就是學習中的空氣了。

為了抗衡教科書見樹不見林的缺點，我們也自編教材。最佳的教材，就是真實的書本了。只有真實的東西才有魅力，而對不同年紀不同能力的人來說，最好的學習便是為個人而設的閱讀計劃。可是，在資訊爆炸的今天，讓學生看書已是難事，我們只好設計「尋書有獎問答遊戲」，讓同學在圖書館裏找書，接觸一下書本，說不定，不知遇上哪一本，同學便能遇上自己的書緣了。

教學，既需要設計，也需要隨機，是婆婆給我的啟發。

小時候的我很笨，常是不發一言的呆相（其實是在思考），學習拿筷子結鞋帶分左右這些需要眼明手快的實務工作，常是手忙腳亂。那次婆婆教我結鞋帶，兩手拿繩不斷在洞中左穿右插，我也當然頭暈眼花，終於有點意興闌珊，這時婆婆突然改變策略，她把鞋帶綁好八成，只把最後兩個小步驟：套圈，拉開繫緊留給我做。我幼小的手便反覆為鞋子扯下完美的蝴蝶結，看到成品的我自信大增，完成任務。現在看見童鞋幾乎已是魔術貼，街上常見菲傭姐姐幫在等校車的「小大爺」結鞋帶時，便漸漸覺得，現在的人遇上困難的事便避開，很多事也沒有好好學習。追不上時代是脫節，可傳承不到也是脫節啊！

這個小小的故事啟發我教導文言文這回事。學生都憎恨文言文，想不通跟生活有何關係，並認為太艱深，根本不懂。教導文言文當然有千百種方法，然而不二法門總是先給學生成功的甜頭，然後才慢慢引起動機，再行深一些。我便常把文言文弄成一個個字來看，先問學生字的現代解釋，他們通常都答對，那再看古義比較，便成一個故事。亦會把唐詩八句剪開來，然後讓大家重新再組織，看看是否能拼對，有時把數首詩相混，又會是另一種閱讀趣味。「詩無達詁」，也就都對了。

婆婆在過年和中秋，總是在屋內靜聽倒垃圾的工人的腳步聲，然後才把垃圾拿出門，近乎恭敬的把利是送給工人。對人總是恭敬的，婆婆從來沒有說過看不起人的話。

婆婆總是說，不是次次都你贏，你有時都要輸吓，給別人留些好的。

養龜啟示

小盾閒時總是把手腳和尾巴長長的伸在淺水上，看着陽光在牠的瓣瓣鱗片上飄浮，兩片紅耳之上，就是牠晶亮的眼睛。牠有時會在小石塊上憩息，伸長脖子，腮子一起一伏的，這時陽光反照牠綠綠圓圓的烏龜殼，對了，我亦因此把牠名為「小盾」。小盾可不是常常如此與世無爭。除了小盾以外，當時來到我們家的，還有細龜，而小盾和細龜如同天下所有小烏龜一樣，都是喜歡把腳踩在對方的身體上以向高處爬。龜是不顧一切向上爬的動物，我們看來不過是爬高了三厘米之地，在牠看來就彷彿是「更上一層樓」的志氣。

我們當初是餵牠吃龜糧的，後來星期天在外邊吃飯回來，總是會用紙巾包起一小塊白灼肉、又或到街市買些小魚蝦給牠們。我們把肉一小塊一小塊的放進水裏，看牠們誰先發現，誰先吃了，看着牠們吃肉時興奮的神態，也會非常滿足。有時也刻意的把肉放在較高的、較隱蔽的位置，以「訓練」牠們尋食的能力。小盾總是一馬當先，細龜就要你放在牠眼前才能發現。有時，我們把兩隻小烏龜都放出來走動，細龜就總是一動不動的原地張望，卻把手腳都關進殼裏。小盾則早在我們「掌上舞」了。多餵了數星期的肉，原來以為會快高長大的小烏龜們，卻竟患上了眼疾。入冬的第一個月，細龜盲了，丈夫買來眼藥水，也曾試過把必理痛弄碎混在水裏，但是細龜的眼仍是金魚似的脹大，整天既已不張目，即使嗅到食物的味道，也無心進食了。過了數天，連小盾的眼都開始脹起來，我們唯有把牠們分隔開來，那天晚上，我發現細龜從碗裏爬了出來，卻仍是依偎在碗子的旁邊，原本就膽小怕事的牠，因為盲了，也不敢寸進，就是茫然的站在黑暗之處。

我嘆口氣，把細龜放回碗中，請牠再努力堅強一點，克服眼疾。讀了香港爬蟲學會的養烏龜課程後，又從水族店子買了大量物資回來，於是小盾和細龜有了新的方形玻璃房子（不用再「蝸居」）、暖水管、水流調節器、冬天用照燈和過濾臭味的炭條，還有新的拱橋，讓牠們一旦看見飛鷹時躲進其中的。我們停止了餵肉，在課上認識到，原來小烏龜有眼疾是因為缺乏維他命A，吃營養均衡的龜糧要比吃肉還好。自以為是的「優質」養分，原來並不是牠的所需。

在我們的悉心照料下，小盾終於回復健康，手指甲揮動起來甚至還有點刮手。我們每天讓牠在沙發上爬來爬去，一起看電視。

從學校回家的某一天，細龜死了。那隻終於捉到自由卻不敢多走一步的小龜，也是非常懦弱讓人心疼的小龜。丈夫把牠好好的埋葬了。我常常想，如果我當初不是沒有為牠想到好的名字，只乾脆把牠喚作細龜，牠會好好的生活下去嗎？可是為甚麼總是拿牠與小盾比較呢？如果不用競爭比較，牠會變得更快樂嗎？每次小盾在沙發上好奇地爬來爬去，我便會反思有沒有做得不夠好的地方？有沒有偏心？如此丈夫便勸：「想太多了」，拋下一句：「性格決定命運」。也不知是誰想太多。

「看看你的小紅紋，都快枯乾了！」丈夫從廚房裏喊出來，我一看，的確是枯死了，這樣粗生又好看的紅葉小植物，竟落得一副垂死掙扎的下場。想起那個周末，歡歡喜喜地把它從花墟中帶回來，承諾負責照顧它一切所需的我。

急忙為它換水，注營養液，請求它好好活過來，喃喃自語。正在歉疚，忽然想起那些總是乖乖的坐在課室中、不大說話、不太聰明也不太魯鈍的學生們。

突然，那堆模模糊糊的臉，一張一張的變得清晰起來。

「詩節」八年詩集序

「詩節」，是在創意書院的一個文學團體。其源自一個教育理念：「在這個視覺霸權的世界，讓人靠近文字，重新發現文字之美。」現在就是一個視覺霸權的世界，試想像如果不能上網，不就扯掉了我們半壁人生嗎？可是在如此世代，文學卻是更高貴、更普世，也更重要了。

後來發現根本沒有甚麼霸權不霸權，能夠把世間的五彩石抛進心坎的，都是好東西。文學養分，讓我們心澄如鏡，能辨美醜。詩節，本來就是藉其他媒介讓人閱讀文字，重新發現文字之美。還記得每年新學期我要在書院的人文堂上招生入會的時候，總是不厭其煩地把這番話再說一遍，不論詩節有過多少場表演，文畫互動，詩與歌的疊韻，我念茲在茲的，還是詩歌和文學。

每年「詩節」的活躍成員從中四到中六總維持在四至八人不等，我們差不多每星期都有聚會，在校內張貼每日一詩（很多時變成每月一詩），定期詩聚，出版詩集、明信片，為九龍城書節及校內開放日推出文學產品，例如「詩節花茶」或「文學詩籤」。某年某屆同學給我起了花名，名為「焗飯」。他們總是說笑，「璇筠又焗飯了——」，意即又起爐灶要同學工作、寫詩、出版。人類啊！總是付出多一分，自然便投入一分，不知不覺就生出點文學因緣。每年舉辦的詩節多媒體表演，也就是「詩節」的「重頭戲」，同學自創新詩，再互相合作，有時是詩畫合一、新詩短片、詩劇，甚至是詩現代舞，為文學界及公眾帶來或說是新奇的觀影經驗，多年來累計觀眾過千人——謝謝歷年的讀者、觀眾，一起度過文學給我們的美好時光。

「多媒體」與詩

在八年的詩節耕耘中，意外發現「多媒體」演繹竟是這麼好玩、活潑多變，切合時代的方式。其原來只是湊合一下「詩中有畫，畫中有詩」的傳統，後來因為參與同學高水平的視覺／音樂藝術作品，反倒讓詩節不斷探索文學與其他媒體的交流。有時候雙方真是水乳交融，有時當然互不相干，更多時候是在搖搖板中試取平衡，擦槍走火倒有新奇的火花。多媒體藝術難成經典，因為裏面總傾斜向其中一方藝術的詮釋，或是其太具遊戲性質而對兩種媒介之詮釋均未夠深刻。然而一路走來，仍是得到一些小啟發，在此分享：

一、完全以詩／文學為本，其他媒介用以詮釋文本的精神

這可說是有主有次，比較好掌握的做法。而且通常適用於經典作品，可說是一種致敬的方式。二〇一〇年黃曉楓很喜歡也斯的〈茶〉，她做了一組三幅以茶葉組成的畫，畫中的人臉漸漸消散，像明信片，是不期待回答的。

二〇一一年曾慶治以廖偉棠的詩所作的裝置實驗音樂，以燈創造和聲，沉吟、憂鬱模仿大自然的節奏。

詩節有時不一定以詩為本，也歡迎同學演繹小說作品。二〇一一年梁浩然就曾以韓麗珠的小說，在書院天台香草園創作一舞蹈詩劇，五位翩然而至的舞者時而穿梭於香草間，有些坐在石柱上，在秋天的黃昏下，沉吟的音樂中，讓我們沉醉不已。卡地亞讀詩，蔡思韵、羅昊培在樂富地鐵站以音符和應，詩也是歌，吸引了一眾提着菜籃的婦

人、放學路過的學生、抽煙的大叔。

莫鎮彤曾以魯迅的〈狂人日記〉創作詩劇，他戴上面具，與爽爽在黑色的布幕中以圓形的軌跡互相試探、攻訐又藏匿，或能表達出〈狂人日記〉中人吃人的狀態。這本結集中畫者為詩作重新繪圖，也值得好好欣賞。

二、以詩歌回應其他藝術

二〇一三年，羅昊培，熱愛電影、音樂、形體表演、創作短片，皆詭秘、瘋狂而深情，詩寫得好，他的詩裏盡是鏡頭。昊培後來就讀香港演藝學院。他的電影似是自畫像，蒼白的男生，修長孱弱的四肢，很大的長方形窗口。節奏緩慢，用色晦澀，卻有一種讓人耽溺的美。

二〇一六年，書院的「環境及空間研習」科同學設計了一些以環保為主題的裝置，我以短詩回應同學作品。

三、詩／文學和其他媒介平行發展，創造出全新的作品

詩節的首兩年（二〇〇八至二〇一〇年）向學生介紹經典新詩，邀請同學回應詩作。從二〇一一年起鼓勵同學寫詩，又以自己的創作為題，找其他同學合作創作多媒體作品。小詩人李夏昵寫〈十七〉，蘇權威以形體劇場演繹成長的躁動、興奮與不安。黃梓晉以飲江〈車門即將關閉〉為靈感，創作實驗音樂、短片。

二〇一六年何明恩寫詩，編舞；黃子熹設計音樂，四位舞者為第八屆詩節「半變態」，在黃昏微雨的夜晚，在展覽廳的白色玻璃框之下，帶給我們難忘的演出。

也斯曾言：「有人說抒情是音樂的，現代（詩）是視覺的，兩者可以好好結合嗎？」怪胎年代，所謂後現代，自然生出奇花異種，雖說無端，總也是種在年青的、富力量的靈魂之中。其實也無法深究了。說是海市蜃樓也好，總是一時之境。這一段探索之路，是伴隨着我、伴隨着年青人們成長的。這樣的探索有一天會成為一件事，為着未來之路，值得讓人重新審視的一件事。

淺談新詩寫作

未談有關寫新詩的必要，先談一談一個大家都感疑惑的問題：為甚麼要寫新詩？眾所周知，中國自《詩經》開始已有幾千年的寫詩頌詩的習慣。直到唐詩可以說是一個詩歌文化的高峰。既然是這樣，以詩形式寫下去是否已經難出其右？

文學，是你我心事，也是歷史的見證、思考的流向。可以說是每一個時代的結晶。每一個時代也有它自己流行的表現形式。到了宋代的時候，唐詩或者近體詩的這個形式，已經玩得大家都有點悶，於是就變成宋詞。這一轉變，文人的創意也就來了，大家很喜歡用詞的形式去表達。如果說現在流行的表現方式，可能就是拍短片或者抖音吧？這一種屬於我們時代的新形式，如何可以啟發新一代的作者？把自己的所思所想都結合下來，然後變成藝術作品呢？

另外，就是新詩與古詩的分別。當然形式的分別是顯然的。舊體詩大家知道就是五言七言、律詩絕句或者古詩的押韻體制。宋詞，有分上下兩片、小調中調長調，以及各種的詞牌旋律大家是跟着去填的。所以新詩和古詩的分別，就形式來說，當然就是離開這個字數和押韻的限制。有說：形式即內容。不同的形式會為內容帶來不同的衝擊。形式上的不同，這個不同帶來的結果可以是自由或者誘惑，但是難度其實更大，沒有形式的拘束非常容易寫壞詩。

然後就談一談古詩與新詩一脈相承的地方。在形式上已經不同了。新詩既然已經不需要格律或者任何形式上的羈絆，那麼它的音樂性是相對減低的。如此便會和現代散文十分接近，甚至有一些現代詩刻意模仿散文的句法去處理。這樣如何去區分散文、散文詩和詩呢？

我認為有三點。第一是煉字。第二是韻律。第三是詩質的要求。

首先談一談煉字。當然我們寫小說或者散文的時候也應當注意用字，但用字卻是寫詩的靈魂。（對散文來說是求真。小說則是故事。）要求每一個字都能夠充分發揮它在一首詩裏面所展現的作用，能不能夠突出我們所要寫的意象。還有一個要求就是務去陳言。

詩作為一種精緻的藝術，是通向靈魂的方式。我們每一個人的靈魂都是獨特的，平時我們規行矩步，因為要接軌、溝通。寫詩的時候不妨大膽一點，即使現在我們還不是著名作家，但是還可以在語言上表現我們的想像力、通感或者實驗性。

第二是韻律。古代認為詩即是歌。或長或短、又快又慢、急迫、舒緩。「滄浪之水清兮，可以濯吾纓；滄浪之水濁兮，可以濯我足。」詩和歌的關係一向也非常密切，因此即使我們現在寫新詩，韻律也許不是一個固定的格律要求，但還是有一個語調的要求。不同的詩人會發展出自己內心的韻律，一呼一吸長短句之間句子用詞的陳列方式渲染氣氛的方法。每個人都不一樣。但是如果我們細心留意一個詩人，他總有一個自己寫詩的韻律，這部分對於韻律的要求是必須的。只是在新詩中會比較隱藏。

第三是詩質。這部分是比較難明白的。但是它也是使詩成為詩的重要原因。當世界被我們寫進詩裏去，就是「塵埃落定」。詩是過去、現在、未來，屬於永恆的某一點。它是一點此在，也是一點過去，也可能是屬於未來的。好的詩：同時屬於過去現在未來。它屬於生而為人的瞬間，也是大地在葉子上落下的露珠。

詩也可以提出問題。生命未必直接給你一個答案。但是詩要你繼續尋找，裏面亦有一種神秘性，有一種美麗。所以說好的詩歌應該是可以貫通時間、貫通空間、跨越處境。像很多很多首唐詩。所以我們看詩質可能是要通過時間。好的藝術從不過時，大家想想是為甚麼？

心的詩偈

這個世界已經化成一張巨大的網。很抱歉這並非虛擬，我們行走的一步一步軌跡都已經按上痕跡，來不及思考與過濾。於是，被記錄被儲存並不算作是一件珍貴的事情。一張紙一支筆，在上面思考、回憶然後寫作的自己，已經是多麼遙遠的年代。可是，日常生活是真的沒有讓我們留心、回味、記憶的地方嗎？

中秋節的晚上，大家竟然在追着月亮。即使不巧那天暴雨，烏雲蓋頂。現在，只有在特定的節日，我們才會有僅餘的欣賞大自然的心情。當然也會吃月餅玩燈籠，用消費來過節。但是這天晚上，據說月亮仍然是主角。我們抽空抬一抬頭，哪怕只是希望拍到一張絕美的照片然後放上 Instagram。所以今天，這個晚上的月亮，是詩。

生活中的唐詩

張九齡詩：「海上生明月，天涯共此時。」台灣作家蔣勳曾上節目《生活中的唐詩》。他穿中山裝，用台灣男人溫柔磁性的聲線娓娓道來。

唐詩，對他而言是甚麼呢？就是母親的搖籃曲。最初，是母親溫柔的歌聲，慈母手中線，遊子身上衣，似乎蘊藏着生命最純樸的感情以及智慧。那是我們對世界最初的認識，也是中華文化讓我們吮含口中的一塊璞玉，如果我們夠幸運接觸到的話。

後來詩竟變成考試題目，而且因為被迫背誦太多遍，便以為那是陳腔濫調。再後來，當以為終於可以擺脫考試，才發現世界是所更大的學校，跌倒、生病和心痛的次數，還是一樣多。經過了不少生活的滄桑，回頭來才發現，詩，早已說明：我們困惑，是不識廬山真面目，只緣身在此山中。又或者某天到達了遼闊的心境：行到水窮處，坐看雲起時。

離散，似乎也是這個時代的關鍵詞，這首詩敲打着心房：「獨在異鄉為異客，每逢佳節倍思親，遙知兄弟登高處，遍插茱萸少一人。」詩佛王維，早已經把生命最深的孤寂，以及生而為人霎時的清醒，用那獨有的格律告誡我們。

於是你也開始寫詩。一句話，就寫在 Instagram 上，配上一幅生活的風景。有時也用長短句，因為這大概是一個沒有格律的時代。又或者說，這個時代的人，剛巧也在嘗試找尋屬於自己的韻律。是的，在這個擅長物化的時代巨獸之中，到底還是要適應，聆聽以及尊重屬於自己的聲音：以回應生之痛苦，以及禮讚。

路

那一天。在沉思與疲憊之際，走進了那條路。沒有特別要找甚麼，也沒有目的地。在路徑上冒出頭來的樹枝，嘗試與另一棵樹的枝椏交纏，一攬垂得低低的天空。多麼美麗的風景，讓我讚歎不已。還是繼續向前走，忘記已經走了多少路。忘記了要忘記這個想法，忘記曾經看到的，卻始終沒有選擇行走的那條路。

可是，我們行經的每一段路，美麗戳破了我的心。如今這些已屬於我的回憶，我的過往。這一段路，似曾相識，卻又那麼獨一無二，屬於每一個獨有的生命。

既然沒有辦法把回憶寫在月亮上。只好把詩寫在時空中，寄給時間。

據說花蓮的海是楊牧所有創作的泉源、中心、開始。

〈瓶中稿〉的開首，是這樣寫的：

這時日落的方向是西
越過眼前的柏樹。潮水
此岸。但知每一片波浪
都從花蓮開始——那時
也曾驚問過遠方……

瓶中信都放在一個美麗的瓶子之中。由它隨水漂流到大海，過了很久很久，久到已經忘掉了我們走過的路。瓶中信，也許沒有可能送到我們心目中的收信人手上。卻總會有那麼的一個人，偶然在看海的時間，看到這個已經漂流很久的瓶子，玻璃瓶子長了石頭和鹽。他把它拾起來。那是時間的結。把另一個人生存的痕跡，那獨一無二的心聲，秘密的節奏，好好讀着，然後默默流淚。又或者，高山流水，赫然痛快。

詩，也是那拋到時間洪流的瓶中信。

布達佩斯的將軍

這樣的一個美好夜晚，有着人間最美好的物事：盛着美酒、晶瑩剔透的夜光杯，身旁還有好朋友。但是戰事已經越來越緊張了，「欲飲琵琶馬上催」，琵琶的聲音正催促大家上戰場，樂師的手指在琴弦上奔騰，化成耳邊激昂的催促，似在掩蓋內心的怯懦。

讓我們不醉無歸！即使明天醉臥沙場——君莫笑！這一刻的慷慨激昂，原來是為了明天的戰鬥。一切都是必須的，因為那是君王的命令？國家的興亡？個人的榮辱氣節？詩中最後一句筆鋒一轉「古來征戰幾人回」——這難道不是對命運的控訴？明天就將粉身碎骨，就讓仍然活着與朋友暢飲的今晚，把生命醉倒夢裏去。唐代王翰的〈涼州詞〉，把戰士上沙場之前飲酒惜別的豪情，寫得悲痛淋漓，側面揭示了戰爭的荒誕以及殘酷。

前往漁夫堡的山崗，將軍在布達佩斯舊城廣場上凝成定格。他乘着駿馬，昂首挺胸地傲視一切。我不知道他的名字，但是卻被這個雕像所吸引。這位將軍現在看着的，是二十一世紀的布達佩斯，依舊是中世紀的巴洛克風格建築，但是在這個城市裏生活的很多人，已經有手提電話、能上網跟世界連接。將軍默默提醒或者守候這裏的人。許多年前的某一天，他到底叫甚麼名字？在哪裏不醉無歸？究竟為誰打過仗？他也曾經殺了誰和誰？

夕陽的餘暉仍然公平地灑在每一扇紅色的屋簷，小孩和少女的面都掛上一抹紅暈。是的，我們都曾經擁有一個名字。但是，只要擁有和平和快樂的生活，其實誰和誰、誰是誰都不重要。我們就是彼此的朋友和兄弟、戀人或夫妻、母親與孩子。

在自然中學寫書法

相傳大名鼎鼎的書法家王羲之小時候是跟從晉代著名書法家衛夫人學習書法的。衛夫人是怎樣教授王羲之書法的呢？她帶着小小的王羲之漫步大自然之中。天地萬物都是由一點、一滴開始的。

「永字八法」最高的那一點：雖然小，但卻是天地的始源，萬物的開端。衛夫人說這一點應該像「高峰墜石」。試想像一下，所謂高峰，要經過日月積累孕育而成；而第一點就是這個高峰上面的畫龍點睛。原來簡簡單單的一小點，凝聚了高峰最厚重的力量，然而要咬定青山而僅懸在半空中，就得舉重若輕。

接下來就是一橫。讓我們寫一個「一」字。並不需拿出間尺間橫線，衛夫人說：「一」字，寫來應該像「千里陣雲」。小小的王羲之跟着衛夫人走到廣闊的平原。天好高好高，有一行陣雲。所謂行雲流水。「一」字就是微微的波動，初起後伏的線條，那就是中國人所謂之天人合一。讓我們看雲去，雲如一。

那麼一豎應該怎樣寫？要像「萬歲枯藤」。萬歲這兩個字概括了時間，與高峰墜石的高峰所展現的空間互相呼應。我們平時看樹，喜歡看夏天樹林陰翳、豐郁的景象。然而寒冬中的枯藤，那種蒼勁、不屈，拼力延伸的氣勢，也讓我們感到充滿生命的力量。

永和九年的那場盛宴，王羲之沉醉在大自然之中，他說：「仰觀宇宙之大，俯察品類之盛，所以遊目騁懷。」大自然原來就是王羲之最初和最後的老師。那天在大埔海濱公園看雲，天空中就有王羲之寫的一字，有很多橫，一直連綿到對岸的山坳，教我們要有擁抱世界的胸襟。

現在又是木棉花開的季節，樹上高高懸起一朵朵象徵英雄的木棉花。在樹上固然挺拔帥氣，即使落在地上，也是一場轟轟烈烈。在城市的馬路邊，我竟然還看見有人曬木棉花。木棉花曬乾以後是可以藥用的，化作春泥更護花。除了看花，我也看到冬季的枯藤。一株株樹椏伸向天空，又緊緊地抓着泥土，好像要訴說，那年夏季的故事。

青春賞析

這本來是一幀青春的美夢，夢的盡頭浮游在海洋之中。天很高很高，倒影印在你們的心裏。

今年的秋季旅行並沒有如近五、六年一樣要帶隊到訪外國，不用坐十多小時飛機尋找一個景點，也沒有為了拍團體照請各位同學三、二、一各就各位的慌忙。我們只是到了海邊。

對的，就是只到了海邊。我們的城市被海洋包圍，海的風景卻變成樓價指數。其實平時學校和家園已經在海邊，但是一有閒暇大家還是沉迷在黑色小盒子中。這麼近那麼遠。到底多久沒有好好的看海發呆？少年楊牧曾經說當他沒有靈感的時候，閉上眼睛就會想起花蓮的海。或者就回到海的身旁，靜靜的躺着或者看着波濤飛白，染了一身雪。這樣他寫詩的靈感便泉湧而來。

此刻你們在播放我不認識的派對音樂，偶然不知道為甚麼在胡鬧起哄。歡呼像海浪的號角，將要被哪一尾魚兒聽見。燒烤的肉香以及碳微粒已經充滿在海邊燒烤場。平素煮熟即食麵只需三分鐘，現在看着你們「起爐」已經三十分鐘，還是樂此不疲。好不容易秀起的小火苗，又旋被海風吹走了。你們在海灘上撿拾石頭，圍着爐邊。在燒烤爐旁邊，也舉起了自己的巨石陣。炭精、打火機被借來借去。

這天手機遊戲忽然被大自然打敗了。這是多麼罕有的情況。看山看海看你們，勸子且秉燭，為駐好春過。在廣闊的沙灘上玩着紅色塑膠飛碟或者乾脆就是輪流把同學推進海裏去。女孩子竟還在堆沙——讓我看看，沙上有一個俊美的男孩。

盈手潑茶香

茶、咖啡與死亡

無論這個世界有沒有天神，茶、奶、酒、蜜都是造物主的恩賜，天地給人類的禮物。茶奶酒蜜，你會選擇哪一杯？這簡直是一個心理測驗。誰不是喝奶長大的？讓人安心的純白，裏面有生命最重要的養分，樸實而純潔。蜜糖呢？能為生活中加一點甜蜜，有誰不想呢。多喝了卻會膩的。酒神給我們醉生夢死，也許是對真美的追求，率性而為吧！人生難得幾回醉。但是世界，也沒有絕對的真理。一杯清茶一縷清香，是在訴說哪一段故事？

選茶的你，一定還是一個細味生活的人。

茶是大自然和樹木給我們的祝福。要做成茶葉，炒茶、發酵也還真是要一番功夫。因此它也是各地文化的象徵。所謂茶是故鄉濃，可能是廣東人的緣故吧，喝茶還是喜歡普洱。上茶樓去的話一定沿着父親的喊法：「一壺普洱，一壺滾水。」始終不慣香片或者水仙。功夫茶偶然喝一下是可以的，但是那一股陡峭的酸總覺得會「傷胃」。

還有到現在還是搞不清「雨前龍井」即是穀雨前要採的茶？還是御前龍井？就是指此茶高貴得要給皇帝喝的。但是我讀過最清新的說法，就是乳前龍井。十五六歲的姑娘上山採茶去，把茶葉放在乳前的。茶裏面有青春的生命力。不論哪一種說法也好，反正也為這種茶，添了很多故事來歷，於是喝起來也特別覺得風雅。

父親喜歡飯後喝茶。通常是普洱，有一段時間也喜歡大塊葉的苦丁茶。有人送他上好的「正山小種」，原本一包細細獨立包裝的，他慢慢珍惜地分兩三次喝，享受着舌尖的回甘。然後也給我和妹妹喝一兩口，「試吓正唔正呀。」小時候根本不懂得欣賞茶，但是總會回應：「係喎，幾正喎。」

我們喜歡的反而是母親早上泡的奶茶。母親非常自豪於她泡茶的手藝。她「沖奶茶」會學着茶餐廳的師傅，把水柱拉得高高的，茶隔上下搖動。這時候我和妹妹在廚房看，知道媽媽又在表演了，便特別期待這一杯奶茶。媽媽泡奶茶的時候，嘴角總是微微笑着。於是我們每人都得到一杯奶茶，混合的茶葉、淡奶和糖的比例，就成了一個小小的默契，有關口味的家族傳統。

我一向很喜歡喝茶，寧可食無肉，不可居無茶。近年也留意到，大家總是趕着上咖啡館。不管是咖啡或茶，那又是一段怎樣的時光？

奧地利詩人 Peter Altenberg 說：「我不是在咖啡館，就是在前往咖啡館的路上。」咖啡與咖啡館是分不開的，與其說是渴望喝咖啡，不如說是咖啡館裏面的率性和悠閒，顯得是一種生活品味與情調。那詩人就是要在奧地利的「中央咖啡館」，在音樂和醉人的香氣下讀書寫作。據說連他的死亡時刻，也是在咖啡館。

至於喝咖啡的玩意，又豈止是鑑辨各種咖啡豆，還有搖身一變便可做出完美拉花。其實拉花這玩意，我國古代就有，但是所用的飲料不是咖啡而是茶。滿有藝術細胞的皇帝宋徽宗，擅長分茶，即是以茶煙造境的妙藝，一閃即逝，留下滿眼興味。《清異錄》之中有「茶百戲」條：「別施妙訣，使湯紋水脈成物象者，禽獸蟲魚花草之屬，纖巧如畫；但須臾即就散滅。」此茶之變也，時人謂之茶百戲，又名水丹青。水丹青固然來不及讓茶客「打卡」，只留下餘韻。

「水丹青」這些終究是玩意。學習茶道，也是君子修身之途徑，格物致知，用以體現人文精神的氣韻和風格。如此想來，現代人愛喝咖啡，是要學習沉穩、世故，還是天真？

不論是飲茶，還是喝咖啡，那都是「料想親幃喜，中堂自點茶」的合家歡時光。

我們家裏，就有「與婆婆一起喝咖啡」這個節目。婆婆已經很老了，到了她最後歲月，眼睛和耳朵早已不太靈光，但是還是一直認得每一個人。每次周末相聚，總要問我們：「要不要喝咖啡？」她喝的是馬來西亞白咖啡，關於她那遙遠的故鄉，代表着勞動滋味的香濃咖啡。然後她就踽踽前行，沿着香味走去，要端詳那流金之液。

在怡保的舊街場附近發現的馬來西亞特產白咖啡，以咖啡豆來說雖然不是最香醇，但那是地道風味：當地礦工偶然發現了咖啡豆，加上很多奶和糖，試圖掩蓋生活的酸苦。

對婆婆來說，這是記憶中最親切的味道。婆婆總是皺一下眉頭：「還不夠甜。」即使咖啡已經下了很多糖。於是我們在她面前又再撒了很多糖，看着那杯裏的年輪添上雪花，婆婆終於滿意地笑了。

後來在婆婆的喪禮中，我也為各位來賓送上白咖啡，咖啡與花香縈繞沁人，那是蘊藏着思念和感恩的告別式。我知道，婆婆一定在微笑。《搜神記》中曾記茶香能穿越時空，相信咖啡的香氣亦應如是。願世間好物皆寄情，人神共暖，天地㚖㚖。

這是個從來不變的地方——青文書屋

這是個從來不變的地方。

青文是層層疊疊書山堆積的樣子。說是一間書店，更像一個貨倉。這地方合該是一個地下詩刊的秘密工場。第一次上青文，應是與崑爺（崑南）和詩友一起上去的。看着橙黃色紙的第一期《詩潮》正一頁一頁從影印機熱呼呼的噴出來，這兒彷彿有某種革命的瘋狂和壓抑的氣氛，我們幾個年青人拿着還熱的紙對摺釘裝，在書山書海的見證下，《詩潮》正在誕生。

那時候好像有一雙電腦屏幕後的眼睛偶然射過來，一眼，那眼神好像在思考，又不像有任何用意。那次的記憶非常模糊，可能是因為青文總是被書遮蔽了陽光。

青文放置書的方式可以激發起尋寶慾，有時要找坊間書店絕跡或圖書館也不准外借的書，只要上青文，讓在電腦屏幕後的羅老闆往甚麼方向指一指，再自己憑信心舉目馳騁一下，多半就可找到了——或發現了另一本書。青文的「不變」多少讓人減少了買書的意欲。在別的書店，燈火通明，分門別類，減價促銷，最新的書或書店要推介的書就放在當眼的位置，書本在拋媚眼，有着作為商品的魅惑力，激發起愛書或不太愛書的人們的購買慾。青文大概沒有用這些銷書技巧？還是有但不被察覺呢？青文只是老實地把書靠攏在一起，南轅北轍的書種交疊在一起，很有世界大同的況味。書海以外，物換星移，青文依舊老樣子，大隱隱於市。

青文或羅先生像看穿了時間和歷史的哲人，讓書在這裏靜躺，或是默默等待有心人。於是沒良心的年青讀者如我便也很安心的讓書繼續在青文的家安頓着，一時沒錢買的書也不怕買不到，畢竟要看書的時候上青文，便永遠不遲。後來要搬倉到大角咀了，我才驚覺：童話裏的莊園，原來真的會捱不過現實的啊！在現實中，除了有夢還需要錢才可生存，而我為甚麼每一次上青文都太吝嗇呢？現在才懊悔，也太遲。

最後一次上青文，就如任何一次，我依舊沉溺於書海之中，享受着青文獨有的歷史氣息。正如陳滅所言，上青文是為了懷舊。讀生物化學的男朋友則四處觀察，拈起書本上的塵埃，從書山的狹縫中看流竄而過的電車和陽光，對書店的藏書和「規劃」嘖嘖稱奇，打量正在打字的「書店店員」羅先生。那一次我補買了謝曉虹的《好黑》——還有一本是甚麼書呢？架粗框眼鏡的羅先生顯得眼睛特別小，依舊一言不發的收錢找錢。從窄長的樓梯走下來，男朋友就說，這地方又舊又陰暗，太危險了。

二〇〇八年二月二十日，讀《明報》得悉羅老闆去世了。當晚，我蹺了馬國明老師的課，跑到青文書店舊址，即使明知道青文已搬到大角咀。到了灣仔青文舊址當然也不知道還可以做甚麼。大廈的門面光鮮了，窄長的樓梯上燈火通明的，有一所泰式足底按摩。

灣仔的夜，依舊熱鬧，下班人潮洶湧，憔悴的臉都很匆忙。每一個人，能記住多少往事呢？在變幻無常的人生。生活其實也容不下太多懷念。青文窗口外有一盞街燈，它應會記得這個不變的童話吧。

書香人情——神州文玩圖書公司

在書展現場，坐落一小而別致的神州書店攤位，在一片新書的海洋中，散發古舊而優雅的味道。神州書店的歐陽文利老闆，祥和自若地坐於正中。年前有幸在「九龍城書節」訪問過歐陽老闆，今年神州書店又在書展擺攤了。經營舊書店近五十載的歐陽老闆曾經講過一個故事：大陸解放之初，有一位上海老伯輾轉來到香港，在他的書店中找到一本書，目不轉睛的，不是要買書，又要問及書之來歷？他覺得奇怪，但是還是約了買賣雙方見面——果然老伯和這個賣書的女士就是舊情人，當年因為戰火離散了。數十年後，藉一本舊書牽引，他們久別重逢。幸或不幸，雙方的伴侶都已然離世，於是經歷半生的二人便再諧連理，雙雙回到上海去了。書香人情，確是如此。舊書店有舊書店的浪漫，每一本書都有它的一個旅程，能夠被人讀了，輾轉交流，也造就各人的緣份。

記得畢業多年，再次踏進老校的圖書館，迎來的仍是一股薰染的書香。不經意又走到小說文學那一欄，抬頭一望，竟然重遇小時候讀過的書。在圖書館未電子化之前，每一本書背後都會貼上表格，讓借書的人寫上姓名、班別、學號，然後還要簽名。於是也看見那個年代自己的筆跡，稚嫩而認真。翻開書頁，曾經熟悉的情節，本已忘記，竟又重新記起，勾起了小時候拿着書攤在沙發上的夏日，多麼暢快寫意。

有能力買書之後，家裏的藏書也就越來越多，但是有誰又能把藏書都看完？有時候還不如借來的書那麼趕着要看，驚鴻一瞥，承載着生命的某個時刻。所以藏書還是要時而賣出去的。京都作家森見登美彥寫的《春宵苦短，少女前進吧》裏面就有一個情節，把舊書店之風景寫得淋漓盡致。男主角為了替女主角找回自己小時候讀過的一本童書，不惜接受舊書市之神近乎虐待的挑戰，情節雖然荒誕誇張，但是也標舉了舊書的價值與愛書人的痴心。

「我常覺得，一個作家用那麼多時間才寫成一本書，不會沒人喜歡的……」歐陽老闆說起書時每帶痛惜：「不過就是，會不會有機會再遇到……」的確，書展好像是一個放比較新的書的地方，大書店都賣新書，一季之後又發新猷，書還來不及被讀者發現呢。舊書店既環保，又能讓書的生命延長，等待有緣人。

「在這裏賣書，也是會為讀者留意書的，大家都成為朋友了……」舊書店也承載了比較深廣的歷史厚度，比如說早期六十年代的漫畫，例如財叔、文仔、李凡夫都有很多粉絲。從八十年代起，又有一群年青人對香港歷史、文化風俗特色有興趣，於是就來找羅香林、葉靈鳳、丁新豹等學者的著作。盧瑋鑾教授（小思）也是神州書店的常客，時時到神州尋寶呢。在舊書堆中，可以找回你原以為已經錯過了的好書，重遇美好的時光。如果所有的遇見都是久別重逢，那麼這輩子我有幸讀到的書，都是我應該讀到的。書讓我一點一滴的找到自己。

「現在人們對圖書的熱情確是減少了。可能是因為電腦吧。」老闆說。以前大家都看報紙，報紙上有填字遊戲，大家都非常熱衷於填滿這些縱橫交錯的格子。甚至會去買《辭源》、《辭海》來查出處，這樣大家就讀更多書，也熱愛玩這些文字遊戲。

近年大家對書展的熱情也好像有增無減，當然也有「書展只是散貨場」的批評。但是反正每年夏天這個時候，大家還能像行年宵一樣逛書展，也可說是夫復何求，難能可貴。如今書裏的新思想新思潮新評論也許還是未夠網絡來得即時，但它們畢竟是一些累積、一些沉澱、一些思考的總結。所以我們還是買書吧！不單買新書也不要忽略舊書。只希望書本有書本的命運，書展過後，好書都不要被送到堆填區去。

書遊高雄

第一屆高雄書展因為宣傳不足，或據說民眾已沒多少文化氣息，確是門庭冷落。我也是七月十九日書展最後一天在愛河附近咬着早餐蛋餅時看報紙才得悉。立馬延遲了到墾丁的行程，順口一問餐廳的阿姨。她對書展毫不知情，這時我想：如果在香港該是市井遊民也知道舉辦地點在會展吧。原來就是在前一天剛走訪的高雄歷史博物館旁邊的高雄國際會議中心，怪不得之前見到有些帳篷好像在搞活動甚麼的。

到了現場便明白了，書展免費入場，這天是星期天而且是最後一天人流也不多，每個單位攤前約有五、六位讀者而已。然相比起如臨大敵、雷霆萬鈞的香港書展，這裏確是可讓人悠閒參觀。說是書展，參展單位約只有二十多個，佔用一個大廳，書籍的種類也不多，有大約三分之一的展館擺着童書或智力遊戲。台灣出版的童書繪本仍是很不錯，圖畫有詩意，漢字旁邊大都寫着我完全不明白的台語拼音。還有一攤位賣關注台灣本土生活的童書，充滿着對鄉土的熱愛。我在想，每一個地方都需要像何紫這樣的作家，他讓每一個看書的小讀者建立對一地一鄉的情感記憶，關心人情、培養想像力。

＊＊＊

印刻文學出版的書展攤位充滿文學氣息，整個擺攤方式讓每本作品都受到重視——《台灣學運報告》、朱天文的書等。因為是市政府搞的書展，「為培育全民人文的涵養基礎，深耕閱讀能力，平衡南北城鄉差距」而舉辦的（雖然我壓根兒不認為台南的閱讀風氣就比較遜），這裏會買到一些政府出版的書，例如國立中山大學人文研究中心出版的《旅遊文學與地景書寫》，也會有新銳文創的「認識大陸作家系列」。唯一賣簡體字書的書商，地處一隅，主要是賣字畫、國學、書法及用品的，這擺位其實與香港書展一樣。因為是最後一天，所有的書展活動都結束了，然而看過活動名單後也不覺可惜。沒所謂啦，第一屆而已，可以續辦下去也是美事。

位於文化中心附近的政大書城也很好逛，書都是按出版社分類，如果熟悉出版社的話，可以一下子便找到要找的書。當然很多時書店的擺書方式會刺激你的想像和慾望，以致幸或不幸地使你又買了書。按出版社分書的話其實也頗有趣，好像遊走在出版王國戰圈之中，然後基本看出一家出版社編輯們的世界觀。這裏還有樹幹木椅子，很大的木桌子，有一婦人在認真做筆記，使你以為這裏是圖書館。想起舒國治說的，「南部人對土地林野之直覺本能感受」，「他知道好的木材來得不易，故見有一塊奇狀樹根的茶几，會撫之然後嘆道：這塊柴，讚」。是的，這裏使你感受到台南老書店的氣派。

財經雜誌考試旅遊一類的書不會推門就見，使你以為在便利店。這裏還可以找到一些不是太新的書，洪範出版西西的《母魚》仍可找到，也有陳智德博士的《地文誌》。最後，折扣還十分吸引，新書八折，《楊牧詩選 1956-2013》七五折！書店經營不易，折扣又多，在這裏好應該能抬多少就買多少。

* * *

高雄文學館在中央公園的一角，很好找。這裏有一種靜穆古雅的氣氛。一進去有海報介紹一些戰前已在寫作的本土作家，其中讀過陌上塵的一些作品，覺得頗好。地下是圖書館，書本都不是圖書館硬皮釘裝的，很舊，很像小時候在上環文娛中心小童群益會看的書。但也容易翻頁，可以單手屈起來看，使書在手上練成小拱橋，當然惜書人不會這樣做。在圖書館的都是老伯老嬤嬤了，我不禁懷疑有多少台灣學子會來借書呢？其實香港的社區圖書館也「不遑多讓」，除了大人帶小孩借童書，好像也是閱報的叔伯居多。經過木樓梯和滲有綠意的窗，二樓是文學館的展區，有幾十個展板簡介台灣／高雄本土作家，其下有玻璃壓枱保護着作品手稿。比較熟悉的有洛夫、黃春明、陳映真等，瘂弦〈如歌的行板〉書法很美。我仔細看畢每位作家的介紹，雖然孤陋寡聞，頗有些不認得，卻覺得如此規劃，讓更多人都可以認識這些本土作家，以及一瞥他們的作品，也是很好的；更重要的是城市給予作家的一份尊重。也可能，台南人的文學氣質，早已化在他們善良的帶點點憂愁的臉容、溫情又爽朗的談吐裏。

香港不知何時才有文學館，讓人一窺這個城市的文化深度。雖然有或沒有也不會影響香港作家默默書寫。幸而仍有民間的「香港文學生活館」，方向活潑不失份量，仍撐着。

京都大學的舊書市之神

為了尋找「舊書市之神」，那年夏天的京都之旅，特意去京都大學。那是京都夏天最悶熱的幾天，市區氣溫達三十八度以上，一些和服女孩穿着木屐踏上熱氣蒸騰的石板街，我拿着一扇大大的芭蕉，在暑氣氤氳之中，轉入毫不起眼的街角。

單車漸漸多起來，騎在上面的是戴上圓框眼鏡的「文青」，經過的時候飛廉送爽。終於抵達京都大學。傳說中的樟樹竟出現在眼前。那真是很茂盛的一棵樹，其實也並不高，矮矮的頂着一頭「蘑菇雲」，伸出彎彎曲曲的枝椏，溫柔地眷顧坐在它身下石枱邊，正在閱讀的學生。樟樹的背後就是京都大學的鐘樓紀念館，上百年歷史，樹溫柔而莊嚴。

印象中大學的校徽都是旗幟、象徵動物圖騰，比較少使用真實的一棵樹。京都大學的校徽非常特別，用樹來守候、象徵這樣富人文氣息的京大，可謂風流儒雅。這棵樟樹應該藏着樹的精靈，莫非就是森見登美彥筆下的「舊書市之神」？

森見登美彥，一九九八年考入京都大學農學系，是我十分喜歡的日本作家。著作甚豐，我看完的有《狐狸的故事》、《春宵苦短，少女前進吧》、《有頂天家族》。書中是濃濃的京都風貌，那是夏之京都，甜蜜滑稽的笑話，傳說和各種鬼怪、青春的緬懷，精緻富歷史感的小劇場，使人提起書就不願放下來。

《春宵苦短，少女前進吧》裏面就曾經描寫京都大學校園內的舊書市，男主角京都大學學生，「宅男」一名，為了討黑髮少女的歡心，在舊書市尋找她兒時讀過的一本童書，還為此接受書中酒神李白的考驗。黑髮少女碰到了舊書市之神。那是一個長着青蛙面龐的小男孩，抬起手來，變出一陣狂風，把舊書都吸到半空之中，一口氣搗亂舊書市！原來他不讓舊書商抬價而沽，運用法力釋放所有舊書，讓在花千樹下尋書的眾生都能夠取得心頭好書！他的名句是：「書和書是連在一起的。」對了，好書就是能夠激發無窮的意念、文明的交流。這段故事讓我為之神馳。

如果真的有舊書市之神，此刻他應該躺在樹上納涼，讓我們合照一幀吧。

KYOTO

自由と平和のための京大有志の会
LIFE IS NOT a PAWN TO BE PLAYED
www.kyotounivfreedom.com

張看慾望——寫於張愛玲百歲誕辰

那個陽光普照但是氣氛陰森的下午我薰着張愛玲的〈第一爐香〉。而且不知道是否因為祖師奶奶的龐大氣場，放眼望望窗竟然已經見到那個像惡鳥胸脯的月亮，白色羽毛撩撥心房。

讀後欲罷不能。小說人物一個比一個恐怖，姑媽，即父親的姐姐，關係應是親厚吧，可是我們眼巴巴看主角葛薇龍一步步走入那胸有成竹的糖衣算計。就如林妹妹走入大觀園，一開始的時候，已經走投無路。事事留心，不過是自欺欺人的囈語。葛薇龍看到一床羅衣已戰敗一半。青春少女，就是要穿華衣美服。女人妒嫉少女纖細的腰肢，然而少女盯着女人的名牌手袋。快樂就是年青時即擁有世界。這箇中痛快又何止要成名。物慾橫流，張愛玲的小說就是貼地。

再到後來喬琪喬的那些花也不得不收下。讓多少同齡人羨慕着呢。在學校的同學，也還是留着呆板劉海的書呆子。她們，大概是王安憶負責寫的故事吧。命運在一個少女面前竟是如此驚心動魄。

大學時跟隨何杏楓教授那溫婉卻饒有深意的語調重讀〈金鎖記〉，發現這才真是恐怖過鬼故。霍小玉終敵不過李官的自私和貪婪，那是自然的。可曹七巧害的是自己的女兒呀。張的小說，就是旋轉長樓梯，你以為會通向華美的房間，最終只是陰霾沒完沒了的走廊，「爬滿了蚤子」。完全就是警世小說，看看誰的慾望更卑鄙，或更卑微。張愛玲先費苦心的築個場景，人設是平凡中有亮點的鄰家姑娘（這不是容易代入嗎？），再看着她們隨着各人的心眼如何被活活糟蹋。不是每個人，都像白流蘇那樣得償所願的。而且那還需要一座城來成全。不過，這難道不是所有人都要經歷嗎？純真和慾望都是原罪，必須被洗刷。張愛玲不過是讓我們先看看海的照片。

壓抑的文字，恣意張狂的慾望。那可以是少女被挑起蠻暴的熱情，可以是晶亮的白玉環，可以是命懸一線的鑽戒，甚至是那自以為能改變的命運。張愛玲都一一數盡。人在小說中，往往誤會了自己想要的。待自己真的弄明白了，也就與幸福失諸交臂。在各種生活的瑣碎之中，到了誰能放飛一段，卻「只有無邊的荒涼，無邊的恐怖」。

常言道張愛玲的小說為少數能流行的殿堂級作品，這也許是因為不着痕跡地流着舊小說的血液。畢竟「喺好耐好耐之前，那裏發生的耳熟能詳的故事」，就是讓你起承轉合的要讀到人生真諦。張式文字仍是讓你驚艷。她文字裏的花式施虐還是讓你一邊揪心，一邊過癮。

讀何杏楓教授《重探張愛玲：改編．翻譯．研究》（中華書局，二〇一八）第四章，論及「張愛玲是中國現代文學史上，少數理解和尊重傳統的作家。張愛玲尊重傳統，而且留戀傳統」（頁二七五），真是非常精彩獨到。張給你展開一頁新時代的故事，然而她小說中的人卻悽惶地從傳統裏追求永恆不變的「真實」與「人生真相」。

身處萬變混亂的時代，應該如何應對自己的慾望？又或者：我們仍然可以擁有甚麼慾望？這樣就使人更猶豫不決：旋生旋滅的時間洪荒中，人到底如何才能獲得救贖。舊時代的形式套路時刻充滿誘惑，卻也同樣使人怨懟疲憊。

於千萬人之中遇見你所遇見的人，於千萬年之中，時間的無涯的荒野裏，沒有早一步，也沒有晚一步，剛巧趕上了，那也沒有別的話可說，惟有輕輕的問一聲：「噢，你

也在這裏嗎？」

——〈愛〉

我們在追求的，可是最初的悸動？制約的人情，那千錘百煉的舊路，也好給我們安心安生。然而張愛玲說：「人生安穩的一面則有着永恆的意味，雖然這種安穩常是不安全的。」即使在張愛玲的小說人物中，所謂「幸福」也未見可得：「長的是磨難，短的是人生！」

幸好，我們還有張愛玲的散文：狂飆的才氣混合着打點生活的提案。踩着抗戰屍體吃雪糕，那真不是一句「小確幸」能胡混過去。海上生明月，天涯共此時。我們也不還是只能吃月餅。不變的是：錢還是錢，能買得大部分想要的東西。關於慾望以及生活品味，還可以參考：

我不喜歡壯烈。我是喜歡悲壯，更喜歡蒼涼。壯烈只有力，沒有美，似乎缺少人性。悲壯則如大紅大綠的配色，是一種強烈的對照。但它的刺激性還是大於啟發性。蒼涼之

所以有更深長的回味，就因為它像葱綠配桃紅，是一種參差的對照。

——〈自己的文章〉

打着文明的節拍，到現在才明白，「參差對照」不只是用來寫小說的，那也可以是生存的活法：也許還是心靈健康的靈藥。

憶林燕妮以及少女時代的女作家

少女時代看的是亦舒，因為所住的地區沒有圖書館，記得還是在市政局的公共圖書車上借的。大概是中二的年紀吧，一看真是驚為天人，由《家明與玫瑰》、《喜寶》、《朝花夕拾》一本一本的看下去，直至看到三四十部作品。亦舒筆下的女人是幹練、知性、冷酷。亦舒的文字沒有多餘的修辭，對話把情節一路推進下去。她令我明白在青春年少的時候就要珍惜青春年少，後來忽然老了，才發現原來青春年少的時候竟然還剩下那麼多怎樣也不可再記起的日子。大概有一天，覺得不如也看看其他的作家吧。那時好流行的還有瓊瑤、西茜凰和林燕妮。瓊瑤雖然寫很古雅的文字，讀來頗有韻味，但是總給我一種老土的感覺，直到現在還是揮不去那種宮鬥劇的無聊，所以除了覺得電視劇《梅花三弄》的陳德容還是一個美女之外，基本上是不看瓊瑤。西茜凰的書有種書院味，但是坦白說偶然一次看到她本尊，竟完全失去再看作品的動力。她寫的書院故事在那時看來也較難代入，用現在的話說就是有點「離地」。

林燕妮的作品不是看很多，印象最深刻的一本小說是《雪似故人人似雪》，異國風情給讀者浪漫聯想，男女情路迂迴，後來女主角已經不愛男主角了，已經絕望了，但是男主角找她的時候，竟然還可以發生性行為。林燕妮寫高潮以後，女主角就驀地站起來，趕走男主角！讀到這一段，給那時的我開了很大的眼界，這樣寫真的很厲害，到底女主角是餘情未了嗎？還是簡單也需要性快感？那時我還想了很久。後來讀到一篇評論說，這個女作家（林燕妮）心地不好，怎麼筆下的人就沒有一個好的結局？非常感謝這個評論者，他的反智讓我明白好小說要模仿世事的複雜，探索人性的差異，而非大團圓結局就可以讓讀者輕易放過的。

林燕妮和亦舒創造出來的女人世界，完全不同。在亦舒筆下，很多時都是獨立、堅強的女性，《喜寶》有一個情節這樣寫：這個男人不會養得起這個女人的，即使相愛是無濟於事。（！）他連這個女人的日常開支，就是每個月訂的雜誌費用也負擔不到。當時我覺得這樣的女人實在太厲害了，於是心裏也暗暗地想着，日後結識的男人要可以縱容我在家裏放一個大書櫃，每月訂許多看不完的雜誌。後來就想，其實根本不用認識這個男人，亦舒的教化就是：你自己先要是一個有能力、有格調、會賺錢的女人。

但是看林燕妮是怎樣的呢？她告訴我另一邊的道理：女人仍是要非常強勢的，畢竟她們都是八十年代非常流行的女強人腳色。但是女人如果不可以利用自己作為女人的天賦，那麼只有讓人聞風喪膽的強勢又有甚麼意思呢？這簡直就是張愛玲寫錢的說法：「彷彿是很值得自傲的，然而也近於負氣罷？」

報紙裏常說林燕妮是要把每一頁稿紙都用香水薰過。我記得她的散文教過怎樣用香水，並不是直接噴在身上的。香水是向着整個房間噴的，然後讓香氣粒子慢慢沉澱在自己的身上。這樣香氣就會非常自然。對少女時代的我來說，這描寫簡直就是奢華。林燕妮過於喧囂的衣著打扮，她進出 ball 場的照片，那時演繹了少女讀者心中的渴望。當然林燕妮真的是有生意頭腦的女強人，但是在她的讀者看來，她就是表裏如一的展現生活的戲劇。

金庸曾經說過：「林燕妮是現代最好的散文女作家」，然後好像倪匡幫他刪掉一個「女」字。林一定是很出色的散文家。她的人物訪問寫得非常好，她是以朋友的欣賞的心勾勒出被訪者不自覺的部分，通常也是善良美麗的部分。報紙裏的雜文，只是五百字以內的文章，不同於有些作者追求的言簡意賅言之有物，林的特點就是，會給你一種風流的感覺，一日看盡長安花，但是有一種苦澀的真情在裏面。即使近年有很多朋友都不喜歡她，我還是為着仍然讀到她的文字而感到安心。看林燕妮在《明報》寫的專欄，全然不知她原來已經七十多歲了，即使到六七十歲的年紀，林燕妮筆下的世界仍是她回憶裏最美麗的繾綣綺旎，滲着八十年代的金碧輝煌，又有九十年代的精緻。林燕妮的最後一文寫道：「故夢重逢，借路浮生。活着是一生，睡着來個夢又似活多一生。」林姐姐，願你得着的，永遠是好夢佳期。

滄浪之音——讀飲江

我十多歲加入中大的吐露詩社，第一次詩聚，小樺便找來飲江叔叔跟我們讀詩。

飲江讀詩是我第一次現場聽一個真正的詩人讀詩，他的聲線沉厚、世故而溫暖，讀自己的詩時每次都像第一次讀一樣，還帶着像剛寫好詩之後的一份微微的激動，吐露着真情，因而使聽者深深感動，投入了詩。飲江的詩句子短，不知為何朗讀起來節奏卻是慢的，也許是詩的內容能引起時空延展的效果，這也是獨特之處。葉輝於〈詞語的戲劇〉一文中曾剖析飲江詩的音樂美，「流行語、成語、禱告語、粵語、經典武打電影的招式名稱、英文歌詞……在這裏並置……而『戲劇』就在亂哄哄的眾聲裏展開。」的確，這種混雜的語言在飲江的詩裏讀來諧謔，卻沒有違和感。像〈人皆有上帝〉這首就很典型。飲江叔叔讀完詩，我們又圍爐夜話般，逐句逐段的再深究意象、分享感悟，我發現飲江竟又變成一個溫柔敦厚的老師，他會靜靜的聽我們小朋友講不着邊際的詩話。

二〇〇〇年代香港新詩界出現了「小陽春」，《詩潮》、《秋螢》相繼出版，旺角東岸書店的新詩專欄及詩會，各大學的吐露詩社、零點詩社、清水灣詩社年中舉辦大大小小的詩會及朗誦會，都讓一切變得沸沸揚揚，熱鬧好玩。然而，詩人大多是沉默的；除了在聚會中有感而發，以及營生必要說的話，其餘時候，都是做生活的旁觀者吧，飲江叔叔也不例外。事實上他總是站在蔡爺、關生、葉輝叔叔及崑南先生的旁邊，只是在出場的時候，才一臉靦腆的站到台前，然後慢慢地開始讀詩，然後把場面都沉靜下來，大家便格外的投入地聽。事實上，飲江叔叔的詩有一部分與這份內斂的性格十分像，像寺廟的清溪之音。

我們來看看〈果陀等待〉。詩分六節，每一節都像獨幕劇。好像就是要呼應貝克特的戲，那是一個由始至終都狀似在等待的人，飲江這詩不單可以看成是劇中的獨白，也是一種自白式的戲劇。詩第一節「因為果陀／也在等待」，被等的也在等待，這調皮的顛覆，立刻把果陀「去神化」了，然後第二節果陀很地道世故的說「等他甚麼」，看到這裏就會心微笑，但第三及第四節思維一轉，原來果陀是在等自己，於是再往後詩的哲理就出現了，我們誰不是在等待更好的自己呢？創造一個抽離的等待者／觀者，最終發現生活就是「甜蜜／又哀傷」。當然現在看〈等待97並果陀〉，更覺感慨，我們可以是水滴，快樂又狂喜，我們也可以是湖，是乾涸的大地，最後都只能「說服自己／你／終將到來」。

不知為何，我們總稱飲江為叔叔，就像早上上學途中，在街角路過跟你親切地打招呼的叔叔一樣。我到現在仍改不了口。我自小深受皮膚敏感之苦，病發時手掌關節痛癢難擋，常是起了片片紅疹，有礙觀瞻。當然，這是大家都知道的事，很多詩人前輩，見面時也總不吝嗇好言關心，也讓我十分感激。有一次，聚會之後，飲江叔叔煞有介事的對我說：「璇筠，我最近發現了一個秘方，治療皮膚很好的……」我心裏不免期待，格外留心。飲江叔叔稍睜圓眼，嘴上的小鬍子微翹，續說：「就是當你覺得癢的時候，如這手肘位置覺得癢（便伸出自己的手），你便只要拿一塊膠布，貼着它，便不再癢了。」我以為聽錯，這算是一個「療法」嗎？都沒有甚麼藥啊？但當時飲江叔叔的語氣是何其真誠啊，他是真心推介此「療法」的，我有點哭笑不得，卻感受到飲江叔叔的赤子之心。後來，當皮膚又再奇癢無比時，我竟又會記起這些話，在藥櫃中掏出膠布，貼在紅腫的位置上——原來此方法雖無神效，卻因一時的把傷口冰封，與外間隔絕，不再受外物刺激污染，竟也能起了點止癢之效。可見，其實原來用最簡單的方法，竟有很好的效果。這一件小小的事，我稱為飲江叔叔式觀事，就是把一切去蕪存菁，找回赤子之心。

例如這首〈你來就是〉，「我思／故我是／道／路」這斷句的停靠讓我們一步一步的想，生命之路也是一步一步的走。「你來／就是」，斷句的俐落和用字極簡練創造了一個達觀、無所畏懼的詩境，讀到「你來打個結／未嘗不可以」，整個人既是「悠然見南山」也是「也無風雨也無晴」，那淡然中的風骨就出來了。我甚至覺得，詩如其人，詩中透露的直觀，也是如此的修煉。

當然飲江叔叔詩始終讓人感到溫暖，都是滲在看似描畫日常的詩句中。如〈家常〉是我很喜歡的詩。首段的童年往事有着舊香港的家常生活，和〈飛蟻臨水〉一樣，都是鮮活地描繪了家人的親密、經歷生活的快樂和艱難，但詩念一轉，「後來你批判社會／我們遠遠看着你一天天／痊癒了」給我很多想像，是指我們長大後就是逃不過社教化的牢籠？還是〈狂人日記〉式的痊癒呢？無論哪一種，一旦逃過鬼門關，卻就代表求生的各種掙扎。

〈於是你沿街看節日的燈飾〉也滲透這種生活的艱難。在滿街燈飾、普天同慶的節日裏，內心孤獨的人（詩人）竟荒謬地被囚禁在輕省媚俗的快樂中，可是在這吉光片羽的人生，也漸漸體會到「知道雖然遙遠卻值得奮鬥／值得為此而收斂自己修飾自己／值得爭取」。這詩每次讀來都有不同的體會，然每次讀後都能再呼吸一口，再為生活，再盡一點人事，再作一些努力。

東風夜放花千樹。後來，等我出來做事，漸知道人事冷暖、物力維艱，回頭更覺少年時代的諸位詩壇前輩的無私，對文學延綿一生的熱愛，還有提攜後生的耐心毅力。其中飲江叔叔待我又再和煦親厚些，自是只有感恩。

夢裏不知身是客——也談《酒徒》的意識流

在公路上飛馳的小巴，傳來那一首歌，把你抛進哪年哪月？偶然，瞥見坐在身邊的男人，不知為甚麼嘴角牽動了一下，他在看我嗎？從上司的房間走出來，禁不住內心的騷動。這時候，誰的內心在上演甚麼劇場？讀意識流小說，就像一個偷窺者，在冷漠又看似互不相干的城市，讓我只愛陌生人。

很多人覺得，到今天還講意識流小說，其實也很落後了，畢竟吳爾芙的 Mrs. Dalloway 已經老態龍鍾。也有很多人，一聽到意識流小說，就想起一連串喃喃自語——得個悶字。不過，因為《酒徒》這本號稱「中國第一部意識流小說」，所以很多人還是唯唯諾諾的找來看了。

第一次學習「意識流小說」，覺得怎會有這樣「便宜」的寫作手法？實在是得來全不費功夫，不就是直接模仿腦海裏隨時彈出來的詞彙和句子，然後把它們拼湊在一起嗎？（真相絕非如此，意識流是內心獨白（interior monologue），再加上自由聯想（free association）。主角對外物心有所感、自言自語時，這些獨白式的描述，會以非常隨意的方式不斷跳躍。）意識流書寫模仿意識，意識是一條河流，浮在小溪上的東西，不捨晝夜。

我當然也沒有完全看完普魯斯特的《追憶逝水年華》，除了還記得那個甜美的貝殼蛋糕，作為一個開啟記憶的鎖匙。看意識流小說就是看一種感覺吧，有時候你不會記得細節。看流行小說你會記得驚世駭俗的情節。但在看意識流作品的時候，卻肯定不會記得每一個字，變成在記憶中游泳的感覺，讓你浸淫在小說家創造的氣氛裏，像電影《玩謝麥高維治》一樣進入了敍事者的腦袋。

香港作家崑南的《地的門》，創作於一九六一年（比《酒徒》還早一年），更是自資出版的！這本像傳說一樣的小說寫一個剛畢業的香港青年，面對愛情、民族等現實與觀念的衝擊，也是在妓女身上尋找愛情，既如念經又如念咒的大段大段《山海經》、《淮南子》引文，讀來其實比《酒徒》更顯狂狷。青澀少年讀之是會面紅的，又有人會覺得九唔搭八。

白先勇〈遊園驚夢〉的意識流經過精心的平行設計（歐陽子語），小說中對於錢夫人過去與鄭參謀曖曖昧昧的部分，以錢夫人的意識流動來寫。不單純是插敘，遊園驚夢就是錢夫人最歡快最纏綿的回憶。援引一節：

那團紅火焰又熊熊的冒了起來了，燒得那兩道飛揚的眉毛，發出了青濕的汗光。兩張醉紅的臉又漸漸的靠攏在一處，一齊咧着白牙，笑了起來。笛子上那幾根玉管子似的手指，上下飛躍着。那襲婀娜的身影兒，在那檔雪青的雲母屏風上，隨着燈光，髣髣髴髴的搖曳起來。笛聲愈來愈低沉，愈來愈淒咽，好像把杜麗娘滿腔的怨情都吹了出來似的。杜麗娘快要入夢了，柳夢梅也該上場了……然而他卻偏捧着酒杯過來叫道：夫人。他那雙烏光水滑的馬靴啪噠一聲靠在一處，一雙白銅馬刺扎得人的眼睛都發疼了。他喝得眼皮泛了桃花，還要那麼叫道：夫人，我來扶你上馬，夫人，他說道，他的馬褲把兩條修長的腿子綳得滾圓，夾在馬肚子上，像一雙鉗子。他的馬是白的。

中學看時完全不明白，後來讀完《牡丹亭》，再讀懂那段象徵的白馬，才驚艷於白先勇文字的綺媚詭譎，真是流麗。

讀劉以鬯先生《酒徒》中的意識流，便有一種刺激感，模仿腦海裏面思想的速度，行雲流水把要說的內心獨白、潛意識或夢境寫出來：

生銹的感情又逢落雨天，思想在煙圈裏捉迷藏。推開窗，雨滴在窗外的樹枝上霎眼。雨，似舞蹈者的腳步，從葉瓣上滑落。扭開收音機，忽然傳來上帝的聲音。我知道我應該出去走走了。然後是一個穿着白衣的侍者端酒來，我看到一對亮晶晶的眸子。（這是「四毫小說」的好題材，我想。最好將她寫成黃飛鴻的情婦，在皇后道的摩天大樓上施個「倒捲簾」，偷看女秘書坐在黃飛鴻的大腿上。）思想又在煙圈裏捉迷藏。煙圈隨風而逝。屋角的空間，放着一瓶憂鬱和一方塊空氣。兩杯拔蘭地中間，開始了藕絲的纏。時間是永遠不會疲憊的，長針追求短針於無望中。幸福猶如流浪者，徘徊於方程式的「等號」後邊。

這是小說的開首，生銹的感情可以指敘事者的回憶，「思想在煙圈裏捉迷藏」，然後跳躍到窗外的雨。一個侍者端酒來，敘事者從亮晶晶的酒杯中，可能想到情人？但思緒又立刻跳到準備要寫的四毫子小說；我們只知道作者在餐廳，但是究竟是誰扭開收音機呢？這段文字包括清醒的意識，更包括無意識、夢幻意識和語言前意識。在意識流之中也可以說是一個萬物有情的世界，雨和酒杯都會引起意識的轉向，空間是放着一瓶抑鬱的，讀者跟着作者轉換視角，讀來不知不覺投入在作者的內心活動之中，行雲流水，歡快無比。

小說中亦常見用意識流的方法，把刻意遺忘卻深刻的記憶，在日常秩序中崩折出來。那是作者無意識的部分，在身處當下霓虹璀璨、歌舞昇平的香港，就像作者與女人糾纏，朝生暮死，有一種揮之不去的墮落。現實是只爭朝夕或朝不保夕的，舉杯消愁，是在沒有防空洞的地方找尋虛無的山腳避難。

小說中總是把酒醉的部分以意識流的方式呈現出來；夢囈就如炸脆麻花一樣，與酒、賣文生活、妓女愛情參差交纏，真箇來回地獄又折返人間。赤裸的直覺、情感、夢，有時更有力量。直面內心，越刮越深，於是作為偷窺者竟不知不覺的也旋入敍事者的意識流之中，突破了時空的藩籬，在天真、執着、天人交戰的獨白中飛翔，讀來不覺手心冒汗，甚或如癡如醉。

小說的後段作者失去了寫黃色小說或武俠小說的地盤，他忠誠的文學朋友麥荷門教他失望了，他所愛或不愛的女人都已離他而去。身上又再次沒有錢，沉醉在酒精中不能自拔，於是小說出現了長達三頁的獨白，徘徊在酒醉和清醒之間，十分精彩：

一切靜止的東西都有合理的安排。唯人類的行為經常不合邏輯。情感與升降機究有不同，當它下降時一若物體般具有變速。三月的風，仍似小刀子般刮在臉上。我又去喝酒。我遇見一個醉漢，竟硬說我偷了他的眼睛。我覺得他很可笑，卻又不能對自己毫無憐憫。（他是一面鏡子，我想。當我喝醉時，我也會索取別人的眼睛嗎？）群眾的臉。群眾的笑容。只需三杯酒，一切都在模糊中「淡出」了……

很難想像《酒徒》不用意識流的形式呈現。劉先生把文學這頭悲哀的獸好好地藏在酒徒的軀殼之中。剛剛在陳子謙的面書讀到，學者鄭樹森認為《酒徒》並不算是意識流。我覺得廣義來說，《酒徒》也實在有意識流小說的特質。清醒時我們自以為能夠分得開夢與真實，其實真實就是夢裏不知身是客。倒不如看酒徒的自白，陪着他輕呼着煙圈，在文學的泥沼中不能自拔。

印象派畫展、中國山水畫及現象學

莫內的〈魯昂大教堂，陽光的顏色，傍晚時分〉，這是在畫展裏最教我「魅惑」的一幅畫。對比起其他風景畫或人像畫，呈現了一片模糊卻活躍的粉色，教堂像立刻便要溶掉，又像看晚霞看得醉了。

看完畫，深深着迷，可惜香港的展覽沒有梵高和高更。劉國英教授的〈印象主義繪畫的現代性格和現象學意涵〉，試圖在畫中看出更多「意義」。劉教授抽絲剝繭地說明了印象派畫家作為藝術家，對時代氣息的敏銳和先覺。我們在畫中看到如此鮮活的城市：路人、火車乘客、舞者和吸煙者。又看到鄉間流水潺潺滑過石頭、荷花在黃昏下的倒影。畫家感知到時代特質，又尋到嶄新的藝術激發點。評賞者和哲學家倒把畫背後的理念理出來。於是，畫家同時亦是不自覺地「畫」出了時代意義，比如劉教授用畫闡釋現象學。

「印象主義繪畫是透過直觀幫助我們進一步認識視覺空間及其邏輯：這是一種有別於物

理空間或幾何空間的空間。……幾何空間對應的是理論自然科學中理念化了的自然；視覺空間面對的是直觀的自然，所以精確科學在那裏很難行得通。」（《現象學與人文科學》，二〇〇四。頁一五一）我一直為印象派畫中捕捉的瞬間的美所感動，這是一八六〇年代的一瞬間，藝術的真象。流動的光。這當然不是科學能解釋的，世間的另一種美。印象派畫家後來亦逐漸走向超現實主義。我們為何會懼怕／不承認超現實藝術作品呢？既然這是我們一路走過的歷史；它只是一個稱呼罷了，而我們卻來到了二十一世紀了，每天也就是活在「超現實」的荒謬中呀。而對於荒謬，我們如此習以為常。

同行的朋友說他認識的光，是物理現象的光，比如說：光的折射點、運算公式，這是自然科學。而當我說畫家是要捕捉流動的光，我在嘗試「說」出一種視覺空間的美感經驗。我們走過的路，原是相反方向，我們認識的太陽下的光亮世界，原來竟如斯的不同。

同一天，去看黃永玉的畫展。如果說印象派的畫有強烈的感染力，中國畫就恍如邀觀畫者進入畫中。山水意境、留白的美，淡淡的滲進賞畫者的感觀中去，恬然自得。黃永玉畫出張若虛〈春江花月夜〉的意境。流連在畫家創造的春夜的朦朧中，如夢似幻。中國畫喜題以詩、文，或以畫龍點睛，相得益彰，然而文字終是畫的一部分，同樣有體現

「美」的功能。

「中國描繪的是永恆的真象，西方則是捕捉剎那的真實。」（倪再沁：《美感的魅惑》，典藏出版，二〇〇四。頁八十九）以觀賞者的經驗而言，看印象派的畫是享受一瞬間真象的激盪。看中國畫則是沐浴其中，漫遊山水，嘗試體會畫中的永恆了。

畫的裏外

天色不好，我們更要看畫去。千呼萬喚，香港藝術館重新開幕。抱着期待的心情，踏上尖沙咀海濱長廊，奶茶色格仔是海洋的地毯，它快要把我們送到對岸去。

然而畫仍是好看的。展覽送上這一本給小孩子看的畫冊（廖倍恩繪），它令人聯想每一件藝術品，通向日常生活：董陽孜的字可以讓我們想起媽媽在藥房執夏枯草，唐景森的〈動〉就像跑動中的車窗外的人們。畢加索花了一生的時間，才學會像小孩子那樣畫畫。那是因為小孩子的眼睛純淨，我們千迴百轉，希望找回那點真心。

吳冠中壁畫從寫實的蘇州水巷絲瓜，到後來那出名的水鄉。藝術靈感總是靈光乍現。有一次吳冠中以及他的徒弟在寧波火車站下車停歇，火車都快要開走了，突然瞥見眼前就是一幅白牆，美的直覺被觸動了，那方白牆凝煉江南雅致，餘韻無窮。他立刻就拿起畫筆速寫，雙燕于飛，從此就飛到畫裏去，也到外面去。後來吳冠中認為這是他一生中最好的一張畫。咫尺天涯，天涯一瞬。

還有這幅：高高低低的白牆裏面是一戶江南人家，尋常百姓，柴米油鹽，在吳冠中的眼睛裏，與對岸的青山遙遙呼應，不也就是高高低低的人生嗎？

王無邪張開美麗的網，網着一直變幻色彩的香江，朦朧卻熟悉的景象。我記住了這幅畫。緩緩踏出展廳，赫然發現玻璃也網着了對岸。香江仍然美麗。也許我們須更耐心的尋找，被網着了的，究竟是甚麼？

近來也很喜歡黃進曦的風景畫。他的畫就是香港山水，大東山、太平山、獅子山。用的玫瑰色、黃綠色，端雅不失甜蜜，筆觸富有童趣。例如〈幻想的兜風〉，模型車川流山谷繞圈，富有魔幻現實感。他曾畫的一系列山的想像，我常在教授〈始得西山宴遊記〉時與學生欣賞同樂。所謂文人畫，就是能在畫中體現詩意。黃進曦的香港山水，洋溢一個香港青年的熱心和溫暖。

後來才明白，把一地山水畫下來，如斯重要。偶然看中大文物館與芝加哥大學香港袁天凡、慧敏校園合辦「香港印象」展覽，為葉因泉「香江八景」之〈宋王台〉和〈鯉魚門〉所感動。凝煉的巨石數筆，勾勒臨海的宋王台，讓人感到歷史的莊嚴、沉重和搖落。〈鯉魚門〉則強調紅帆商船，不經意的呈現非官方視野。

如果河流一直奔騰，那就讓山來負責記載吧。

逝者如斯，山巒也是時間的晶結。

山水寄情，謝謝繪畫人，印下每一代，客寓人世的好時光。

訪問何紫女兒何紫薇

何紫，香港著名兒童文學作家，原名何松柏，一九五九年在母校培僑中學任教師三年，再轉任《兒童報》編輯等。致力於兒童文學的創作、教育，廣受歡迎及好評，出版及作品有六百餘種，如《老師不要走》、《40兒童小說集》、散文集《如沐春風》、《可以清心》等。

二〇一八年八月二十二日約了何紫的太太嚴穎雩以及他的女兒何紫薇一起回他母校做訪問。很多人都認識非常重要的香港兒童文學作家何紫先生。何紫在母校的學生時代，究竟是怎樣的呢？

原來何紫當年在校，屬於「清貧組」的工讀生，所以也要常常幫助學校的事務。他曾經說過，每到星期日便會為低年級的學生講故事。這一項「工作」可不輕鬆呢！小孩子可是天下間最誠實的聽眾，隨隨便便也便走神了。何紫的講故事時段，卻深受低年級學生歡迎呢！如此想來，何紫每星期被一眾同學「訓練」，自然把握說故事的精妙之方。何紫起初是在圖書館中找資料，後來都變成自己的創作！何紫創作的小說之所以這樣吸引兒童，除了是非常貼近兒童的生活之外，亦掌握了講故事的節奏和幽默感。校園給他的這份工作，無形中也訓練了何紫的創作思維和領導能力。

學生何紫有一份難得的赤子之心，他認識很多朋友，一生待人真誠友善。當時他也負責在舊校朗園山的門房中看守，同學們看到他經常為學校上上下下奔走，連鞋也踏破了，便一起籌錢買一對「白飯魚」給他。可見他在當年培僑同學們間非常受歡迎，同學們也很友愛融洽。

說到何紫和太太的緣份，原來也是由老師撮合的姻緣。二人從來都未有在校園認識，反而在畢業之後的校友會校慶活動中，由廖靜瑩老師介紹認識。何太欣賞何紫的勤奮老實，為人還非常之有幽默感呢！當年何紫和何太拍拖，寫了很多情書給她，不是甜言蜜語，都是分享一些對生活的看法、人生的價值觀……「我可一封也沒有回過呢！」何太笑着說。當時何紫工作的《兒童報》報社在北角碼頭附近，何紫的工作繁多，為了工作方便，他索性晚上也住在報社，而當時嚴穎雩住在北角馬寶道，二人住得近的關係，何紫常把情書直接投進嚴穎雩的住宅信箱內，她至今仍保存着那些情書。

何紫畢業後曾經在母校任教約三年的時間，然後一九六二年曾在《兒童報》任編輯，其時他其實是兼任作者、排版等工作，差不多所有出版社的事務也要擔任。何紫在《華僑日報．兒童周刊》寫的專欄「真實的故事」廣受讀者歡迎，後來就自費出版了《40兒童小說集》。

何紫在學期間，深受師長器重，勉勵他積極向上。他的愛國情懷也是時時刻刻在作品的字裏行間傾瀉而出。何紫在散文集《如沐春風》中曾寫香港：「這裏曾為中國革命積聚過力量，不少仁人志士以此地作為避難所；這裏又似是一切中西文化交流的匯點，溶混一起，在漂染着人們；生活在這裏的人，有低吟、有高歌，有大步、有掙扎，有沉淪、有覺醒，但不論怎麼樣，大部分人都是勤奮得近於自虐，借着相對安定的環境，去苦苦建設自己的天地。」這一份堅毅、厚重，為所在的社會埋頭苦幹、默默貢獻的精神，到今天仍值得我們學習。

小思老師曾說：「那個時候中小學生的課外書少得可憐，民間開始有本地意識，要學生接受二三十年代中國作家寫的東西作為閱讀起步，並不適宜。」何紫認為這是自己動手出版的好時機，於是便辦起了「山邊社」；「從此為中學中文老師解決了一個大難題。」可見「山邊社」是書生從商，抱着理想和熱誠，背景單純的出版社。

除了小思老師之外，著名作家阿濃亦曾經說到：「詩集和劇本是書籍銷售的票房毒藥。」但是何紫卻獨具慧眼，為王良和、胡燕青、羈魂等等香港重要作家都出版了書籍！對香港文化事業貢獻甚大。「山邊社」自一九八一年成立以來，得到阿濃、小思、張君默等作家支持，出版文學、通俗益智圖書等。十年間一共出版了六百多種幼兒至青少年都適合的圖書，在殖民地時代的香港，為生活學習、香港文學以及文化作出了非凡的貢獻。後來何紫在西營盤第三街創立了「陽光之家」，既是一個編輯室也是一間小型的補習社。何太說何紫創辦的《陽光之家》月刊其實一直也在虧蝕狀態中，但可說是何紫為兒童教育付出的努力和心血。

何紫最敬愛的老師是張永烈老師。甚至在後來九一年病重時，何紫仍主動要求要跟張永烈老師以及他太太黃瑞英老師見面。當時莊金耀校友寄藥給他，而彭文盛老師則在山邊社任兼職，給何紫編務上很大的幫助。在《我這樣面對癌病》一書中，可見何紫樂觀抗病的堅毅精神。「情深義重」幾乎已是被世人忘卻的美德了，何紫在病榻彌留之際，仍然堅持寫作、不忘師恩，把樂觀堅強、服務社會的人格精神傳揚開去，實在讓人感佩。

何紫對兒童的愛，使他一生都維持一顆純粹的赤子之心，珍重世間的真善，無一功利功名的計算。在行事作風之中，在家人朋友之間，當然也滲透在他的作品之中，是牽動我們內心深處的純真、力量和愛。

重讀何紫，如沐春風

我小時候在上環文娛中心小童群益會第一次接觸山邊社出版的何紫的《老師不要走》，印象中書的封面畫着一個老師還有一群孩子，不記得是老師還是孩子眼泛淚光。我坐在紅色小板凳上，翻開書頁閱讀：「黃先生剛從校長室出來，是我看見的。本來這沒有甚麼奇怪，但是，黃先生持着她的眼鏡，用手帕抹拭着眼，……黃先生拿開手帕，就看見她的眼睛分明紅了……」童年的我，看到這裏就一下子鑽了進去，在學校，老師的形象溫柔而強勢，老師，是不會哭的，卻又為甚麼哭了？事情弄清楚以後，老師便和學生說說她的身世：「我是一九一零年尾出世的，我出世的前十年，就是農曆計算的庚子年，而我出世的後一年，是辛亥年，這兩個年份，我們中國人都應該記得啊。……」生於殖民地香港，讀天主教小學的我，那是最初的對「國家」的啟蒙。「你們是學生啊，學生，學生，就是學怎樣生，學生長在這年代，怎樣生活才有意思呀！」這個故事中，老師最後還是要走了，留下這句耐人尋味的說話；給我們這些學生，想一想如何學怎樣生：甚麼是學生？生活是怎樣的？生命又是怎麼一回事？何紫的作品，很多時也留白，有時像這篇讓少年人想一想生活，更多時留下情感的餘味。

我記得何紫書中溫煦的氣味。何紫的兒童小說，常是故事之中又藏着故事，把每個人物都勾勒出神韻。例如〈木棉花開〉，寫兩個學生在課堂上玩木棉花（現在哪裏還有學生在課上玩木棉花呢？），然後老師要求學生到公園去拾幾朵回來作自然課觀察之用。何紫把找木棉花的過程寫得生動有趣，學生一時情急，便騎膊馬的把花從樹上打下來。這很符合兒童的天性。然後學生被管理員發現摘花，還被強拿走了乘車證，「你這頑童，摘花還抵賴說做實驗？好，拿出證據來，有證據才把半價證還給你！」看到這裏，你會為摘花少年着急，何紫既寫出了現實情景中的不由分說，也暗暗作了愛護自然的教育。然後情節便是由老師領着學生向管理員解釋去，之前看似惡狠狠的管理員竟還要送一大堆花給他們呢！他說：「我只是在地上拾起來的，準備拿來曬乾它，你也許知道，中藥裏就有一味木棉花，曬乾了煎水，可以去濕滯和消炎腫的。」——我們往往可從何紫的故事中發現這些民間小智慧，讀到有趣的知識。然後老師謙虛地說：「說來慚愧，這點藥物的知識我不大懂。不過，這些花我們只借來用一下，我們做過了觀察實驗，就把這些花還給你了。」故事中老師的形象多好啊！她教學認真，讓學生從生活中學習真實的知識；她謙虛，當然也側寫了勞工階層的智慧；她人情練達，不奪人好，只是借了木棉花也悉數歸還。也許是受到何紫小說潛移默化的影響，我從小便立志成為一位老師。

在成人眼中「芝麻綠豆」、不屑一顧的小孩心事，何紫卻能把成長中的疑惑、迷茫和抉擇寫得真摯深刻。例如〈我想飛〉記一個剛考畢會考的女孩，到書店工作的故事。故事由柏架山上的草坪說起，女孩仰臥看天，那蒼穹多麼開闊……那年頭考大學不容易，女孩還未考 oral 便被媽媽拉着到書店見工了，由初時把《雷雨》放到自然科學分類而遭受同事白眼，到後來還會介紹顧客看書，得到老闆的讚許，中間穿插描寫女孩要工作還是繼續學業的迷茫和思考：「那天回到家裏，把成績表給爸爸看，爸爸說：『要念中六嗎？去報考私立的吧，只是學費貴一點，聽說要近二百元一個月學費。』我自言自語：『中六又怎麼樣？念過中六會飛嗎？』」小說的尾部還引了冰心的《先知》，暗示主人翁的選擇，回到躺着的草地上。小說既能反映現實生活，也讓讀者與主角一起思考抉擇，富有文藝魅力。何紫的兒童小說，也讓兒童認識到更多文學作品。

何紫提倡情感教育。散文集《可以清心》中有一篇談「感動」：「我相信感動來自高尚的情操，如人與人間真切的關懷，……一個人的成長過程中，心靈極需要被感動，每一次感動，都是一次很好的情感教育。」（頁六十五）何紫小說如清溪一樣灌溉情感，而不會顯得說教。何紫委實知道，說教進不了孩子的心靈。〈摺一隻小船〉中江伯和養女阿娟的情感，簡單的一場小誤會反映江伯對女兒無私的關心愛惜。〈爸爸的童年〉寫一對同父異母姊弟的感情，也側寫了時局變遷與家庭離散之苦。在那個物質匱乏的年代，何紫小說的這種赤子情懷，老土但溫暖。在這個尚紛爭、自私自利、虛擬戲仿、媒體亂七八糟的年代，可謂彌足珍貴。

馬智恆的《岸上漁歌》

我跟馬智恆導演是在創意書院的電影文學課上認識的。那是創意書院的多媒體電影藝術課程。那時候，馬智恆介紹一些經典電影，我也順便惡補一下電影知識。我跟他的合作，是嘗試從課程上結合文學和電影，讓學生得到更多藝術創作養分。

記得可說是成功的一次經驗，是我選了幾首唐詩，然後要求學生用四個鏡頭（包括遠中近鏡及抽取片段）把電影的分鏡劇本畫出來，學習以電影的鏡頭說故事，也能領悟唐詩的意境。常常有人說，最初的蒙太奇，是由中國古詩啟發的。我想中國某些古詩中的視角、跳躍的方式，實在跟電影有一些相似的地方。馬智恆《岸上漁歌》中充滿緩慢、詩意的鏡頭，把人拋進茫茫天地中，也隱喻了漁民對自然的敬畏，寄寓了命運浮萍之感嘆。

馬智恆用了四年的時間，追蹤香港仔、塔門、大澳的老漁民生活。追訪他們所唱的漁歌，成為他們的朋友，傾聽他們的過去，走進他們生活的故事裏。用了四年時間拍攝，這根本就是一種在城市生活中非常難得的詩意行為。馬仔在映後談曾說，他不是要探尋漁民的歷史，這方面已有專家，他自己也不懂得音樂，片中也拍攝了中大的音樂系教授，把漁歌都記錄下來。他只是尋訪漁民，記錄微小的個人的生命軌跡，但這裏有一種人文歷史上的意義。

幽渺的漁歌，給人古老而幽玄的感覺，勾起遠古的記憶。即使我們其實聽不懂，內裏有太多關於漁民生活的艱苦。在漁歌的悱惻婉轉中，竟滲出驚人的感染力，令人因為那種質樸、生命的哀愁和真實感到震撼。漁歌給我一種莫名的親切感。我們常常說，香港，本來就是一條小漁村，我們和漁歌的牽繫，可能就在我們不自覺的地方，金碧輝煌的外表下，可有掩飾着齷齪的鄉愁？我們從來也沒有注意到，但是，已深植在潛意識的某些部分。

記憶中的山歌是明麗而壯闊的，「山南有棵樹喲，樹邊有枝藤喲，藤兒彎彎纏着樹喲……」。又例如古代民歌所唱的「天蒼蒼，野茫茫，風吹草低見牛羊」，我們也會找到其中生活的韻味，但這是屬於另一個生活情調，另一種民族精神。漁歌是幽怨的，是幽深的，即使在婚嫁日子，女子所唱的，仍然稱為「嘆歌」，道盡命運的苦澀、倫常的規矩，自我安慰式的祈福。孔子說，詩可以興觀群怨；漁歌作為「風」的一種，保留了一唱三嘆的旋律，漁民隨着既定的內容和當時所遇唱作歌詞。捕魚為生的漁民，唱漁歌既是他們的承教，也是他們舒緩生活勞苦的方式。南方詩國中屈原的《楚辭》，每一句子都有「兮」字，如一聲聲生命的感嘆，竟與電影裏呈現的漁歌驀地相似！那是不是，來自南方邊緣的哀音，搖櫓的節奏，波浪的嘆息？

導演在電影裏提出一個疑問：隨着漁民的生活已經消失，這樣漁歌仍有保留的必要嗎？我們追尋已經消失的故事，意義何在呢？電影的主線中，記錄黎伯與黎婆婆生活的點點滴滴，尋常的煮飯蒸魚飯後散步，唱漁歌，閒來看看老照片。電影沒有出現戲劇化的「情節」，倒是生命以其直白本色，教人不忍直視注定的傷逝。

電影拍攝經年，黎婆婆在拍攝途中辭世。電影後段一幕，導演給黎伯看之前拍了的一些電影片段，黎伯在片段中看着亡妻，良久，方說：「有電（影）多好嗝可？可以睇番啲歷史……」觀眾看黎伯看着電視中的黎婆婆，茫然望着門外的日常。導演輕描淡寫，這幕卻是觸目驚心。「當時只道是尋常」，納蘭性德的這句詩浮現心中，伴着緣份的細攏，離別的錐心，最後，竟是歲月送給我們的情歌：

一碗白飯白茫茫（誒呀）　咬淡燈芯（又）咬淡糖（呀）
環人食飽（都話）行開坐（呀）
新人（誒）食飽（哦又）結成雙
結到成雙　（都話）和一對（呀）
三年（囉）手抱兩　六年（誒）手攬（囉）四孩兒
第一哥哥中到狀元兼太子（呀）
第二哥哥中到狀元兼榜眼（呀）
第三哥哥中到狀元兼探花（呀）
第四哥哥中到黃旗　大過省城渡仔「悝」（呀）
二十擔梯八字尾　你太公有靈（誒）
插得（囉）你孫嗰支黃其［旗］

——歌堂歌，黎伯結婚擺酒時唱的歌

《岸上漁歌》電影書裝版書誌中介紹了更多漁民的生活細節，數位受訪漁民的故事，輯錄一些漁歌歌詞文本，還有藝術家區華欣的插畫。某天下午，我跟爸爸一起看這本書，翻到「從前香港海域中常見的魚類」。他按圖索驥，慨嘆：「這種魚已經絕跡了……小時候有時還吃到的青衣魚現在也很久沒有吃了……」

花開一世界

今天買了蠟梅。梅花是高潔不屈的象徵，可買的時候只純粹覺得她美麗可愛。我喜愛買花，在花市挑花賞花的日子，就是人間好時節。除了農曆新年，擺水仙、蘭花、小牡丹或者繡球菊之外，其餘日子，每次只買一種花。

只挑一種花，與其說是時興，不如說是練就一心一意，伴隨花開花落，也能提升當時的精神，為生活打打氣。沒有認真學過花道，倒是知道插花要是奇數，一枝或者三枝，日本的花道茶道，也追求禪意。曾經向朋友芙芙學習製作聖誕節花環，在琳瑯滿目的花材中，她俐落地摘去一整片花葉，看來很浪費，可是芙芙說：「整花，首先就是要學習捨得。」的確，當頭棒喝。美麗源自有所取捨，有捨才有得。芙芙還說：「整花插花不要心急，你心急呢，花是知道的，咁就會唔靚。」既不要貪心，也不要心急，於是借物抒情，參差對照，讓花安在瓶裏就好。

明代袁宏道在北京寫成插花藝術《瓶史》一書，才三十二歲呢。這本書在中國沒有火起來，倒是大大影響了日本的插花界，可說是瓶花美學始祖。袁氏本人該始料未及，本來是自娛也順便記錄一下生活，揮筆而就，美文千古。想來古代當士大夫，除了幾個在皇帝左右得心應手狐假虎威的，有誰不是需要卑躬屈膝、左右逢源呢？可不是誰都能乾脆不幹，歸隱田園。袁宏道是南方人不適應北京天氣，又居無定所，日子難堪，整天在內心矛盾中掙扎煎熬。因此供放鮮潔美麗的瓶花，就是沒地方栽花蒔竹的權宜，也是隱逸生活的象徵。

原來袁宏道時換瓶花，是寄予潔身自好的盼望。一旦生活得繁瑣疲憊，就讓我們回到大自然去重拾力量吧。可是誰不想有個花園，又不能時時行山，也只能在室內放個小植物。現在流行的透明半球玻璃瓶內「的骰」植物小世界，在紅紋和仙人掌下放個小人偶，不也是新式「盆景」嗎？在玻璃瓶內的世界，綠意盎然，歲月靜好，瓶花是我們力所能及的，在城市生活中一點美的安慰。

看着疏影橫斜，鮮潔可愛，讓我深深呼吸一下，那浮動的暗香。

後記

這一次我執着面對任性地沉醉　我並不在乎　這是錯還是對
就算是深陷　我不顧一切　就算是執迷　我也執迷不悔

我最喜歡王菲〈執迷不悔〉。其實人生，哪有時間懊悔呢？反正根本就不會知道另一條路的風景吧。找到喜歡的，就有「衣帶漸寬終不悔」的投入，沿途風光，就一一都是命中約定的緣份。曾經遇上的很多人事物，說到底也是捨不得，於是默默記下，要把這些糖果紙都放在小寶箱之中。《珍真集》就是我的小寶箱：放下與執着、慾望和矛盾、脆弱和矜持，都要攤開來細數。常說我們要警惕不寫肚臍眼文學，如此看來這本小集真有點不以為恥呢。然而仍相信最好看好讀的就是真實的東西、真切的體會，這本集子也是十年間的生活思考點滴。

有關寫作散文，八、九十年代香港流行文化給我充沛的養分。那時每天至少讀兩份報紙，一星期看五本雜誌。為了學寫散文，分別也學過陶傑，後來是張小嫻，天天抄黃霑和林夕歌詞。當然文學作品也看一點，非常喜歡白先勇、三毛、汪曾祺。大學之後認識更多香港學者、作家。希望所謂「嚴肅文學」能更流行一些，而流行文化又能走近「經典」或理論一些。這也成了我寫作散文時努力的方向，讓讀者讀文章時不知道取了哪一顆巧克力，反正也得到一點快樂。

朱天文在小說〈世紀末的華麗〉中如此收結，「年老色衰，米亞有好手藝足以養活。湖泊幽邃無底洞之藍告訴她，有一天男人用理論與制度建立起的世界會倒塌，她將以嗅覺和顏色的記憶存活，從這裏並予之重建。」米亞是模特兒，一般容易被他人覺得只靠外表來賺錢的人，其實才能夠真正嘗到生活的味道。目迷五色，我樂於耽溺其中，Singing in the Rain。

《珍真集》之中，文友劉偉成在「導讀」中把三輯的主題娓娓道來，梳理解說，感謝偉成兄的心思，也特別感謝提及我的外婆，讓我知道原來「這位『淘氣率真』的長輩，大概就是璇筠『本真』的參照原型」。

再次感謝匯智出版羅先生細意編輯，以及負責封面和內文排版設計的西奈。

謝謝一路走來的前輩和文友，在書院遇到的人，常給策勵，常予支持和包容。謝謝我的父親、母親、妹妹，給我的愛和守護。

二〇二一年七月二十六日

珍真集

作者　梁璇筠

責任編輯　羅國洪

裝幀設計　西奈

內文排版　西奈、@by.kenleung

出版　匯智出版有限公司
地址：香港九龍尖沙咀赫德道2A首邦行八〇三室
電話：二三九〇〇六〇五　傳真：二一四二三一六一
網址：http://www.ip.com.hk

發行　聯合新零售（香港）有限公司
地址：香港新界荃灣德士古道二二〇－二四八號荃灣工業中心十六樓
電話：二一五〇二一〇〇　傳真：二四〇七三〇六二

印刷　陽光（彩美）印刷有限公司

版次　二〇二一年十二月初版

國際書號　978-988-75442-8-9

香港藝術發展局全力支持藝術表達自由，本計劃
內容並不反映本局意見。